À PROPOS DE L'AUTRICE

Eva de Kerlan vit en région parisienne, entourée de sa famille. Cette autrice touche-à-tout (fantasy, SF, romance, jeunesse) aime jouer avec les mots et plonger les lecteurs dans des récits inattendus où sa sensibilité peut s'exprimer.

Our Love Will Never Die

EVA DE KERLAN

Our Love
Will Never Die

Harper
Collins
POCHE

HARPERCOLLINS FRANCE

83-85, boulevard Vincent-Auriol, 75646 PARIS CEDEX 13
Tél. : 01 42 16 63 63

www.harpercollins.fr

ISBN 979-1-0339-0823-4

Prologue

Une journée de printemps ordinaire. Un pâle soleil, un léger vent un peu frais, un ciel plutôt épuré. Des bourgeons aux branches des arbres, le pépiement des oiseaux dans les frondaisons et sur les toits. Des passants, des véhicules, des klaxons. Le tableau typique d'une grande ville un jour lambda d'avril 2019. Pas de quoi s'étendre, me direz-vous… Pas faux.

Tout cela est incroyablement banal, anodin et sans intérêt.

À un détail près.

Ce jeune homme vêtu d'un blouson sombre, d'un jean noir et de chaussures de ville, qui émerge du métro pour traverser la rue à toute allure au mépris de la circulation, et qui se rue au travers du double portail battant de ce grand bâtiment. Vous le voyez ?

Vous avez noté son air angoissé, la pâleur de son teint, ses cheveux châtains ébouriffés et la panique au fond de son regard bleu ?

C'est moi.

Si je cours comme ça, c'est que pour moi ce jour n'a rien d'anodin. J'ai reçu il y a trente minutes un message. Et depuis, c'est comme si mon existence entière était en suspens, jusqu'à ce que je sache.

Je ralentis à peine pour me soumettre à la fouille du vigile, puis reprends ma course dans l'enceinte de l'hôpital Saint-Antoine. Car oui, c'est là que je me suis engouffré : dans un hôpital parisien.

La fille que j'aime a eu un accident.

Le temps de m'orienter, je bifurque dans l'allée et me précipite dans l'une des ailes du bâtiment.

Dans ma tête les mots du message que l'on m'a envoyé défilent en boucle. Autour de moi, je discerne des patients, des médecins. D'ordinaire je suis attentif à tout cela, mais là, tout de suite, je m'en contrefiche.

Je dérape sur le sol carrelé du hall, hésitant sur la direction à prendre. Un panneau marqué de lettres rouges me renseigne. Haletant, je continue ma course.

Les battements de mon cœur tambourinent à mes tempes. J'atteins une salle d'attente vaste et dénudée, encombrée de malades patientant jusqu'à ce qu'on s'occupe d'eux. Je slalome entre les rangées de sièges et les gens, puis m'arrête face au comptoir des admissions.

Plié en deux. Les poumons en feu. Je pose les mains sur mes genoux, le temps de reprendre mon souffle.

Quand je relève la tête, la perplexité s'affiche sur le visage de l'infirmière, elle paraît limite contrariée. Merde, elle a dû me parler.

Je grimace une excuse, balbutie quelques mots. Son air indécis s'accentue, et elle articule quelque chose en retour que je ne saisis pas. Trop angoissé.

Allez, man, calme-toi une seconde, OK ?

Je plisse les yeux, me focalise sur elle. Puis je désigne mon oreille d'une main. Le geste est suffisamment explicite pour qu'elle devine. Du reste, elle hoche la tête et répète, lentement, sa phrase :

— Je peux vous aider ?

Cette fois j'ai compris. Un soupir m'échappe. J'essaye de me maîtriser, le temps de former correctement les mots et de les articuler le plus clairement possible.

— Ileyna Marquez. Je cherche Ileyna Marquez. Ses parents m'ont dit qu'elle avait été amenée ici.

Je détaille les traits de mon interlocutrice. L'anxiété me ravage. Elle hoche la tête et reporte son attention sur l'écran de son ordinateur.

Je souffle, me passe la main dans les cheveux. Je refuse

de la quitter des yeux, j'ai trop peur de ne pas voir sa réponse. Sans cela, je serais en train de scruter la salle en espérant l'apercevoir. Elle. Ileyna.

— Chambre 303, au bout à droite, m'indique finalement l'infirmière.

Je hoche le menton pour la remercier et m'élance.

Le regard rivé aux numéros de chambre, je parcours le couloir en courant. Mes pieds martèlent le sol, j'en ressens la vibration. Et en écho de ce son que je n'entends pas, celui de mon cœur affolé.

Chambre 303.

Là. Une porte blanche informelle, un simple numéro sur une petite pancarte collée au bois peint. Une poignée. Je la pousse sans même frapper, entre.

Ileyna.

Elle est là. Une peau caramel, des yeux clairs troublants, une chevelure sombre, des lèvres pulpeuses. Ileyna. La jeune femme avec qui je partage ma vie depuis presque huit ans. Étendue sur un lit d'hôpital, revêtue d'une blouse bleue, elle a pour le moment le regard tourné vers la personne assise sur une chaise à proximité : sa mère, Isabel Marquez.

Toutes deux pivotent la tête vers moi à mon entrée.

— Niels ! lance Isabel.

Si je n'entends pas mon prénom, je le vois sur ses lèvres. J'esquisse un bref salut à son adresse, puis me concentre sur sa fille.

Ileyna.

Elle me fixe, comme figée.

— Ley.

Je m'approche et tends la main pour saisir la sienne. Ileyna adore que je la lui tienne, en toutes circonstances. Mais, au moment où je m'apprête à toucher ses doigts, elle recule vivement le bras.

Quoi ?

Je remonte à son visage, interdit. Ses yeux expriment tout un mélange de choses : perplexité, peur, état de choc.

— Ileyna ? dis-je doucement.

— Qui êtes-vous ? répond-elle.

Son débit est rapide, ses lèvres vont vite. Or, d'ordinaire, Ileyna prend le temps de me parler, pour être sûre que je la comprenne. Et elle ponctue généralement ses phrases de quelques gestes de la main, qui sont notre langage à nous.

Là, rien. Juste trois mots jetés à la va-vite et un regard perdu. Presque angoissé.

Isabel s'agite sur son siège. Sa fille se tourne vers elle, partiellement. J'arrive à déchiffrer ce qu'elle lui demande.

— Maman, qui est-ce ?

La question m'atteint en plein cœur.

« Qui est-ce ? »

Qui je suis ? Je suis l'homme qui partage ta vie !

J'adresse un regard incrédule à Isabel. Elle me retourne un air perdu et désolé, avant de tendre la main pour happer celle de sa fille.

Un poids se pose sur mes épaules. Je sursaute et pivote. Derrière moi, la haute silhouette de Feliciano Marquez, le père d'Ileyna. Il esquisse un triste sourire à mon intention. Ses lèvres articulent lentement quelques mots.

— Viens avec moi, fils.

Je regarde les deux femmes présentes dans la pièce, m'attardant sur ma jeune compagne. Ses yeux à elle me fuient. Une peur sans nom grandit en moi. Je tourne les talons.

Feliciano referme la porte sur nous et m'entraîne dans le couloir à pas lents. Sa main se pose de nouveau sur mon épaule, pesante. Au bout de quelques instants, il s'immobilise et se place face à moi.

Il a toujours été très sensible à mon handicap et pris soin de s'assurer que je le comprenais sans souci.

— Niels, débute-t-il lentement, comme toujours. Il est arrivé quelque chose…

— Ileyna, le coupé-je, angoissé. Qu'est-ce qui s'est passé ? Elle…

— Elle va bien, m'annonce-t-il tout de suite. Mais l'accident… Sa tête a heurté le sol.

Je panique immédiatement.

— Qu'est-ce que ça veut dire ? Une commotion ? C'est…

— Elle va bien. Elle n'a presque rien, c'est une chance.

— Mais…

Feliciano inspire, lève brièvement les yeux vers le plafond. Quand il reprend, ses paroles sont hachées, un peu plus rapides qu'à l'ordinaire.

— Selon les médecins, le choc a entraîné une perte de mémoire.

Je vacille.

— Quoi ?

— Une perte de mémoire, répète-t-il en détachant chacun de ses mots.

— Elle… Non, je… Elle a reconnu Isabel.

— D'après les premiers tests, son amnésie remonte jusqu'à 2010.

Un tremblement envahit mes jambes puis tout mon corps. 2010…

— Non, murmuré-je. Non, je… Ça veut dire… Non…

— Désolé, fils, elle ne se souvient plus de toi.

Une main qui se pose brièvement sur mon genou, pour attirer mon attention. Feliciano. Je lève tout juste la tête.

— Hey.

Cela fait près d'une heure que je suis avachi sur un siège dans le couloir. J'essaye d'assimiler tout ce qu'il a bien voulu me dire sur l'accident de sa fille et son état.

J'essaye d'assimiler ce que ça signifie…

Nos regards se croisent. Je détourne le mien. Mon presque beau-père s'installe à côté de moi, et, de nouveau, sa main secoue légèrement mon genou. Je m'oblige à redresser la tête pour l'observer.

— Ça va aller ? me demande-t-il.

J'ai envie de rire. Un truc bien hystérique. Bien angoissant. Que puis-je répondre à cette question ? Ma vie entière vient de basculer d'un coup. Elle m'a oublié. La femme que j'aime comme un fou et qui partage mon existence depuis huit ans ne se souvient plus de moi !

Vous répondriez quoi à ma place ?

Chapitre 1

Huit ans plus tôt

Janvier 2011. Un froid pénétrant s'est étendu sur la ville. Les mains dans les poches de mon manteau, je traverse la rue, pressé d'arriver à destination. On est samedi, et la morne grisaille du ciel donne l'impression qu'il fait déjà presque nuit. Je suis resté enfermé la journée durant, puis ça a été plus fort que moi : j'ai eu envie de bouger un peu plus tôt que prévu. De voir du monde. De sortir de la solitude de mon petit studio miséreux. Je suis allé marcher dehors, et mes pas m'ont conduit vers l'île de la Cité. J'aime ses vieilles rues étroites, les pierres polies par des siècles de passage et de contemplation. Ici Paris respire un autre air que le reste de la ville ; on en oublierait le métro, le travail, les factures, les immeubles et logements sociaux. En tout cas, lorsque je viens ici, moi, ça m'apaise immédiatement.

Je tourne à l'angle, m'enfonce dans une ruelle adjacente. Je m'autorise une seconde d'immobilité dans l'air glacé. Puis je me remets en route à pas rapides. Une centaine de mètres encore, et ma destination apparaît. J'inspire, change de trottoir et m'arrête enfin devant la vitrine que je suis venu contempler.

La boutique qui se déploie derrière, je ne la connais que de vue. Je suis déjà venu ici une bonne dizaine de fois en quelques mois, depuis mon arrivée à Paris. Avant… Avant j'étais dans un lycée spécialisé « pour les gens comme moi ». Ça en dit long sur la chose, n'est-ce pas ?

À cause du manque de travail en province, j'ai dû me résigner à rejoindre la capitale dès la fin de ma scolarité. Je ne l'ai pas fait de gaieté de cœur, mais plutôt pour étendre mes possibilités. Pour un jeune « comme moi », il n'y a pas trente-six solutions. J'ai pris la meilleure qui s'offrait.

Ça fait donc presque cinq mois que je suis ici, à Paris. À vivre dans vingt mètres carrés et à économiser chaque centime gagné. Le job que l'on m'a trouvé n'est en rien compliqué et, après une période de quinze jours où j'ai appris à maîtriser le matériel, la routine s'est installée. Et, si les horaires, en trois-huit, me contraignent à une existence solitaire, ils me permettent d'avoir beaucoup de temps libre, que j'utilise à bon escient.

J'ai rapidement commencé à parcourir la ville et j'ai aussitôt été attiré par les endroits atypiques, hors des grands axes fréquentés. Les coins connus seulement des vrais Parisiens, les lieux que nul touriste ne visitera. Comme cette petite impasse dissimulée derrière une longue barre de magasins ou ce passage à peine visible sur un boulevard. D'exploration en découverte, mes pas m'ont porté vers le cœur de Paris, vers ses vieilles pierres, ses rues d'antan. Jusqu'ici. Jusqu'à cette vitrine.

L'enseigne ne paye pas de mine, les lettres inscrites évoquent vaguement l'ésotérisme, le mystère. Et c'est un peu ça qui m'attire. Car voyez-vous, avant d'être un « jeune à problèmes », une personne prise en charge et dont on se débarrasse à sa majorité, j'étais comme tout le monde. J'entendais les oiseaux et tous les bruits ! Et je n'étais pas seul. J'avais un père, une mère, un frère… Ce dernier, de sept ans mon aîné, était une sorte de héros, un modèle pour moi. Il aimait par-dessus tout me faire rire et me surprendre, avec des tours de passe-passe. Avec mes yeux de môme, j'y voyais une magie exceptionnelle.

C'est ce souvenir latent qui m'a conduit ici, je crois. La nostalgie d'une époque où je m'émerveillais d'un tour de cartes, d'un jeu d'illusion et de manipulation, où j'étais tout simplement heureux…

Je chasse tout ça d'un battement de cils et rive le regard à la mallette qui trône dans la vitrine. Un kit de magicien : cartes, cordes, baguette, dés et autres accessoires… La panoplie parfaite de l'illusionniste en herbe.

Je reste longtemps à contempler le matériel. Même si je meurs d'envie d'entrer et d'apprendre à m'en servir, juste pour toucher du doigt mes souvenirs d'un peu plus près, je n'en ai pas les moyens.

Puis, comme l'air se rafraîchit davantage, je rentre la tête dans les épaules et repars dans les rues parisiennes. Il fait nuit, désormais ; mon second job débute dans deux heures à peine. J'ai un long trajet pour m'y rendre et je ne peux pas continuer à traîner encore longtemps.

Comme je vous l'ai dit, les horaires de mon emploi sont variables et me laissent une marge de temps libre non négligeable. Jeune mais averti, dès que j'ai pris connaissance de ce rythme de travail et du salaire que j'allais en tirer, je me suis mis en quête d'un second job, temporaire ou plus permanent. Tout pour arrondir mes fins de mois !

J'ai fini par en dénicher un il y a trois semaines et, croyez-le ou non, c'est mon handicap qui a fait la différence. Comme quoi, la surdité peut avoir de bons côtés.

Je gagne la gare RER et m'engouffre dans le wagon. Trente minutes de train et une quinzaine de minutes de tram plus tard, j'émerge à destination, en proche banlieue parisienne.

Un parking qui ne paye pas de mine, un bâtiment à un étage bordé d'escaliers de métal, le lieu a tout du coin mal famé et presque à éviter. Pourtant, tous les week-ends, une bonne partie de la jeunesse parisienne se retrouve ici.

Je slalome entre les groupes qui patientent en attendant l'ouverture. Certains sont de véritables abonnés au club. Je les croise semaine après semaine. D'autres viennent plus ou moins régulièrement, ou alors sont simplement de passage.

D'aucuns me font un signe de la main lorsqu'ils m'aperçoivent. Un sourire, parfois. Je les salue en retour et me dirige vers la traverse qui dessert l'entrée du personnel, quand je la vois.

Des cheveux longs et sombres noués en une queue-de-cheval, une peau caramel qui contraste par rapport aux autres, un charisme qui oblige à la remarquer.

Mes yeux s'arrêtent sur elle. Mince, plutôt petite, avec une attitude dynamique et des gestes presque trop vifs. L'archétype de la fille qui aime provoquer et être le centre de l'attention. Je l'étudie trois secondes et demie, guère plus, avant de hausser les épaules. Des filles dans ce genre, le club en attire par poignées.

J'avance de quelques pas, puis c'est plus fort que moi : je tourne la tête, vers elle. Et j'ai la surprise de croiser ses yeux clairs, presque transparents, qui ressortent incroyablement.

Perturbants.

C'est le mot qui me vient immédiatement à l'esprit. Cette fille a un regard entièrement déstabilisant. Je le soutiens un instant, m'étonnant d'y lire une profondeur que je ne trouve d'ordinaire jamais chez celles et ceux qui fréquentent cet endroit. Puis je romps l'échange et file jusqu'à la porte blindée prendre mon poste.

Minuit passé. Ça commence tout juste à s'animer. Campé derrière mon comptoir, je m'active à préparer les commandes et à servir les assoiffés qui quittent les pistes de danse pour s'affaler sur les tabourets hauts et reprendre des forces à coups de blended, premix ou Virgin, selon les goûts. Ici, les décibels sont aussi importants que les effets visuels, et toute personne normalement constituée repart avec les oreilles bourdonnantes et l'impression d'avoir perdu une partie de son audition. La majorité du staff porte des bouchons et doit régulièrement faire surveiller son ouïe.

Tout le monde… Sauf moi. Pour une fois, mon handicap est ici un avantage. De mon côté, aucun risque de dommages auditifs, le patron était ravi. Il m'a placé au plus près des baffles, sans plus s'en inquiéter. Je lis sur les lèvres les demandes des danseurs et récupère les notes de commandes que les serveuses déposent sur mon comptoir, pour les tables en salle. Je compose les boissons, gère les stocks des bouteilles, encaisse les additions, avec vivacité, sérieux et professionnalisme.

Il faut dire je me suis habitué très, très vite à ce quotidien. J'ai facilement mémorisé les recettes de cocktails que je ne connaissais pas. Ce job n'est pas compliqué, et il comporte quelques avantages, notamment les pourboires qui s'ajoutent à la paye !

Je lève le nez du carton que je viens de vider, pour faire face à une dizaine de jeunes éméchés et en sueur qui trépignent de l'autre côté du bar. Billets en main, ne tenant pas en place, ils attendent avec impatience que je prenne leur commande. Je sers et j'encaisse le premier avant de m'approcher du deuxième. Lui, c'est un habitué, ça se voit à son attitude, à la manière dont il se penche vers moi pour articuler. Les nouveaux, ceux de passage, ils crient comme des fous et parlent à toute allure, ils tournent presque le visage quand j'ai besoin qu'ils me fassent face. Je déchiffre ce qu'il veut, acquiesce et m'active du côté des bouteilles. Paille, rondelle de citron, glaçons… Je dépose les verres devant lui et l'encaisse. Avec un clin d'œil, il me tend la main, saisit la mienne et y glisse un billet. Je hoche la tête pour le remercier. Ces pourboires, ça vous complète un salaire de manière conséquente parfois !

Je passe au client suivant tandis que l'autre s'éloigne parmi les danseurs avec ses consommations. Je le suis distraitement du regard, avant de me focaliser sur la file des demandeurs de boissons. Ce n'est que quelques dizaines de minutes plus tard, lorsqu'il y a une petite accalmie du côté du bar, que je peux relever les yeux et observer autour de moi.

La piste qui s'étale jusque devant mon emplacement est bondée et parcourue de rais de lumière multicolores, qui mettent en relief l'atmosphère surchargée de la boîte de nuit. Dans cette alternance d'ombres et d'éclairs vifs, les corps se dessinent, des courbes se devinent pour disparaître l'instant suivant. L'effet est quelque peu hypnotique, mais pas déplaisant à contempler.

Visuellement, c'est plutôt beau, il s'en dégage une harmonie. Je m'imprègne de ce spectacle. Voir les gens évoluer sur un rythme dont je ne perçois que les basses, dans les vibrations du sol, a quelque chose de fascinant. Comme bien souvent, j'essaye d'imaginer de quoi peut bien se composer le reste de la musique. Des paroles, très certainement, de la guitare, peut-être un son métallique ou quelque chose de plus feutré… Quoi qu'il en soit, je discerne du rythme et une association criante d'opposés dans les gammes. Mon regard glisse sur les silhouettes que les traits de lumière révèlent puis dissimulent au gré de l'alternance des spots. De jeunes corps qui se pressent les uns contre les autres, de façon saccadée, puissante.

Je me détourne pour reprendre mon activité, quand un mouvement dans mon champ de vision attire mon attention.

Quelqu'un vient de se coller contre le comptoir du bar et se trouve face à moi. Son regard se verrouille à mon visage et ne me quitte plus.

Je me fige.

Elle. C'est elle. Dans l'éclairage tamisé et stroboscopique, sa peau paraît plus sombre, mais ses yeux, eux, ne changent pas. Incroyablement clairs et profonds, réellement déstabilisants.

Je me racle la gorge, ouvre la bouche, la referme.

Avec un sourire, elle tapote le comptoir du bout de ses ongles manucurés, et je me secoue. Je sers au bar, elle est là, elle ne veut donc qu'une chose : une boisson.

— Tu veux quoi ? lancé-je fort, sans trop me soucier de bien articuler.

Ici de toute façon, il y a peu de chances qu'elle m'entende vraiment. Elle aura plutôt saisi l'intention, comme tout le monde.

— Un shooter et un Martini Gibson, déclare-t-elle.

Je me concentre sur sa bouche charnue avec une certaine délectation.

— T'es majeure ?

Question de principe, mais je dois tout de même la poser. Du reste, comme tous les autres qui ont payé leurs entrées, elle aura sa consommation. Mais bon… Les ordres sont les ordres.

La fille hausse un sourcil un brin effronté. Son sourire s'accentue, étirant ses lèvres jusqu'à révéler une rangée de dents parfaites. Ça ne dure qu'une seconde mais, dans l'ambiance survoltée de ce lieu, c'est un instantané de douceur et de fraîcheur qui m'interpelle aussitôt.

Elle finit par hocher la tête et se penche vers moi par-dessus le comptoir.

— Tu veux ma carte d'identité ? lance-t-elle.

Je me fais un plaisir de loucher sur sa bouche pour mieux déchiffrer ses mots.

— Inutile.

Je chope les bouteilles et prépare ses boissons. Je dépose devant elle deux verres bien remplis, récupère son paiement et enregistre la commande dans la caisse. Quand je me redresse en soufflant, son regard sur moi me bloque de nouveau dans mon mouvement. J'étais persuadé qu'elle avait filé avec ses consommations.

Elle est toujours là. Ses yeux me scrutent avec avidité, et son sourire en coin crée une fossette adorable à l'extrémité de sa bouche. Sans prévenir, elle se penche par-dessus le comptoir et tend la main. Je devine un billet plié coincé entre deux de ses doigts. Prestement, elle le glisse dans la poche de ma chemise, prenant soin de me frôler en passant, puis me fait un clin d'œil et s'éloigne vers les salles dans un déhanché provocateur et quelque peu… sulfureux. J'en reste bouche bée un instant, avant qu'un nouveau consommateur m'oblige à détourner le regard.

Chapitre 2

Trois heures du mat'. L'heure de la pause. Un de mes collègues vient prendre ma place derrière le comptoir, et je m'extrais de l'espace exigu avec soulagement. Envie de bouger, de souffler un peu aussi. Je quitte l'atmosphère surchargée pour filer du côté de l'endroit réservé au personnel et, au-delà, du parking et de l'air frais.

Je ne fume pas. Pourtant, je fais semblant. Ça me permet d'avoir une excuse en or pour être dehors plus longtemps. J'ai même une cigarette dans ma poche, au cas où. On est peu nombreux à prendre nos pauses en même temps donc, côté staff, je ne cours pas vraiment de risque qu'on me demande une clope. Le souci vient plutôt des bandes d'éméchés qui déambulent sur le parking, après avoir quitté (volontairement ou non) le club. Je m'en tiens éloigné autant que possible.

Ce soir comme tous les autres, je m'écarte de quelques pas de la porte blindée de service et lève les yeux vers le ciel enténébré. Un vent frais soulève mes cheveux et joue avec. Je frissonne. Ma main remonte jusqu'à ma nuque, pour en frotter brièvement les muscles.

Être debout sans arrêt n'est pas de tout repos. Certaines nuits, c'est plus difficile que d'autres. Mon bras retombe. J'expire. Seul dans ce petit coin de bitume, isolé du reste du monde par le silence absolu de ma tête, je me requinque. Ça va mieux.

Parfois, observer les gens s'imprégner de la musique qu'ils entendent me donne envie de la ressentir pleinement, de la laisser m'emplir et résonner dans la moindre fibre de mon corps.

Les accords, les tonalités, les aigus et les graves, les dissonances, les mélodies qui se devinent en arrière-plan… Autant de souvenirs de mon enfance auxquels je ne prêtais nulle attention avant, et qui viennent désormais titiller mes pensées de temps à autre, brutalement, presque… violemment.

Je me secoue. Hors de question de me noyer dans la nostalgie de mon ancienne vie. Elle n'existe tout simplement plus. À la place, je fouille la poche de ma chemise. Depuis que je suis ici, j'ai compris qu'il valait mieux arborer l'uniforme du night-club, et tout particulièrement le haut, avec la petite poche sur le torse. C'est là que les consommatrices mettent les pourboires quand l'envie leur prend… Et plus on est souriant et serviable, plus cela les incite à le faire. Les mecs, eux, préfèrent la franche poignée de main avec le billet replié qui glisse d'une paume à l'autre.

Je tourne la tête, juste pour m'assurer que je suis seul, et tire la liasse. Je fais mes comptes. Pour un milieu de nuit, le résultat est plutôt appréciable. Je découvre le dernier pourboire – un billet de 50 euros.

Elle. Je sais que c'est elle. Après son passage, on m'a seulement donné de l'argent de la main à la main.

Un peu éberlué, je relève les yeux.

50 euros, sérieux ?

Une bouffée d'adrénaline me traverse. 50 euros… ajoutés à la somme des pourboires reçus ce soir, plus ceux que j'ai déjà et ceux que j'obtiendrai bientôt, ça pourrait me permettre…

— La mallette, chuchoté-je.

Même si je n'entends pas, je conserve malgré tout parfois d'anciennes habitudes, comme de murmurer certaines choses pour moi-même. L'excitation s'empare de moi. Comme si d'un coup ma vie s'ouvrait devant moi, pleine de perspectives et de nouveautés.

Je me retrouve à sourire un peu bêtement en contemplant le ciel. Quelques pauvres étoiles s'entêtent à signaler leur présence malgré la pollution environnante. Je souris derechef. Les billets placés soigneusement dans la poche de mon pantalon, je délasse mes épaules, fais jouer mes cervicales, histoire de décompresser. Ne pas s'emballer, on verra à la fin du mois.

Du reste, il est déjà temps d'y retourner. Fataliste, je me résigne à quitter l'îlot de tranquillité que je me suis forgé et à replonger dans l'univers des vibrations et des stroboscopes.

Un mouvement dans mon champ de vision me pousse à reculer. Dans l'angle du bâtiment, il m'a semblé distinguer quelque chose. Deux secondes d'immobilité à fixer l'angle de béton… Une fine volute de fumée trace son chemin dans l'air nocturne. Un profil se laisse entrevoir.

Elle.

Je la reconnaîtrais entre mille. Son regard paraît perdu dans le vague tandis qu'elle tire sur sa cigarette, presque… pensive. Je l'aperçois mieux quand elle se décale d'un pas supplémentaire.

Un moment encore, puis elle tourne la tête. Sans doute me sent-elle l'observer… Nos yeux se trouvent, se retiennent. Les siens me semblent immenses sur son visage foncé.

Je ne sais ce que j'y lis. De l'indifférence ? Non. De la curiosité ? Pas certain. En tout cas, c'est quelque chose de nouveau, que j'ai rarement vu jusqu'à présent.

Nous nous contemplons ainsi un moment, bref mais incroyablement intense, avant que quelque chose attire son attention. Elle rompt notre échange, détournant la tête sur le côté, puis revient à moi. Le temps d'une respiration, elle écrase son mégot et disparaît derrière l'angle du bâtiment.

Je retrouve alors ma solitude. Me rappelant soudain que j'ai un service à assurer, je tire la lourde porte et retourne parmi les rais de lumière derrière mon comptoir.

Deux semaines passent. Deux semaines à jongler avec mes emplois du temps, à laisser mes pas me mener devant la vitrine de « ma » boutique. À rêver de réaliser cette lubie de gosse. Deux semaines à me refréner, à espérer. À me retenir de craquer.

Puis, un soir, ça me prend. Je pioche mes billets dans ma réserve, enfile une veste et trace à grands pas jusqu'à ma rue préférée. Pas le temps de tergiverser, de penser ou de regretter. Je pousse la porte de la boutique avant de me rendre compte de ce que je fais... ou d'être tenté de tourner les talons.

Je me retrouve d'un coup de l'autre côté de cette vitre, là où je n'ai jamais osé mettre les pieds.

Des rayonnages solides, comme des meubles de bibliothèque anciens, des livres maquillés en grimoires, des costumes, des accessoires...

Je détaille les lieux, soudain oppressé. Tout cela me renvoie avec brutalité à cette famille que je n'ai plus. À mon frère disparu. J'articule silencieusement son nom, puis je pivote vers la vitrine, vers ce coffret qui depuis des mois retient mon attention.

L'envie me dévore de le toucher, de m'en emparer. Je me contiens. À la place, je pars à la recherche du vendeur et le découvre sans surprise non loin de moi. Avec un maigre sourire pour excuse – sans doute comme tous les autres m'a-t-il parlé, et je ne l'ai pas entendu –, je m'oblige à formuler posément ces mots que je n'utilise presque plus.

Je désigne le coffret du doigt. Avec un sourire, il s'empresse de me mener à un étalage en retrait et commence de longues explications sur les différents coffrets qu'il propose.

Je l'avoue, je n'écoute pas. Enfin, plus exactement, je ne lis pas les mots sur ses lèvres. Mes yeux restent rivés à ce coffret d'ébène qu'il a ouvert et déposé sur le comptoir face à moi. Sur un lit de velours bleu chatoyant se trouvent des cartes, cordes, dés, bagues, clés, pochettes, une baguette...

Mes pensées s'évadent et remontent le temps. Je replonge dans l'univers sonore et léger de mon enfance. Les bruits de la télé. La musique que mettait ma mère quand elle préparait les repas. Les sons des animaux, celui du vent. Le rire de mes amis. Celui de Tom, mon grand frère. La voix grave de mon père, ses éclats lorsqu'il s'emportait aussi.

Dans mes souvenirs, je lève un regard émerveillé vers les mains de mon frère. Sous mes yeux, il vient de faire apparaître une carte de je ne sais où. Je pousse une exclamation et cherche à l'attraper. Je veux l'imiter. Je veux comprendre. À mon tour, je veux toucher du doigt la magie.

Dans un rire insouciant, il hausse les bras, maintenant la carte hors de ma portée. Je râle tandis que ma mère nous appelle pour le dîner.

Je réintègre brutalement la boutique et reviens à la réalité. J'ai dix-neuf ans tout juste et je n'entends plus rien. Même les appareils auditifs ne peuvent pas m'aider – ou alors, il faudrait tabler sur des modèles que ni ma couverture sociale ni mes finances ne me permettent d'acquérir… Et encore ! Rien n'est certain !

Je hoche la tête à l'intention du vendeur et fouille mes poches. Je compte mon maigre pécule. Mes économies… Je les lui tends avant que la logique me susurre que je fais une bêtise.

Je l'ai. Je l'ai et je n'ai plus d'argent de côté. Voilà ce que je me répète en boucle depuis trois jours. Le coffret trône dans mon misérable studio comme une relique sacrée, et je n'ai pas osé m'en approcher depuis. À la place, j'ai préféré filer demander à mon patron de travailler des heures supplémentaires et je compte bien faire de même au club quand j'y arriverai.

D'ailleurs, je suis parti en avance dans cette optique. C'est passablement nerveux que j'entre dans les lieux, pour le moment désertés, et fonce direct toquer à la porte du bureau directorial. Je frappe trois coups, patiente deux secondes, recommence… Mon code à moi pour qu'il sache que je n'entendrai pas son invitation à entrer.

Quelques instants encore, puis la porte s'ouvre. Le boss, grisonnant, sec, tout en longueur, m'accueille cependant d'un sourire affable. Il m'invite à prendre place face à lui. S'il ne fait aucun réel effort pour adapter son élocution à mon handicap, du moins s'oblige-t-il à ne pas tourner la tête pour me permettre de le comprendre.

J'apprécie, d'autant plus qu'il accepte ma demande.

Je quitte la pièce trente minutes plus tard avec la certitude de faire des heures supplémentaires les six prochains week-ends. Je vais être sur les rotules, mais tant pis. J'assure ma sécurité financière avant tout. Je préfère descendre jusqu'au parking prendre un bol d'air frais avant de m'enfermer dans les fumigènes et les spots. La nuit s'est déjà étendue sur Rungis. Seuls les lampadaires bravent l'obscurité croissante. Je soupire.

Le stress de vivre sur la corde raide se dissipe un peu, mais je ne me sens pour autant pas totalement tranquille. Peut-être à cause de la foule qui se rassemble au-dehors. D'ordinaire, mes moments de pause sont un instant d'isolement et de solitude, rares sont les danseurs à traîner sur le parking quand j'en profite.

Là, ça me déstabilise. J'amorce un mouvement de recul. De toute façon, le portier vient d'ouvrir, et les gens commencent à se masser vers l'entrée, avides de se défouler sur le *dancefloor* jusqu'à s'épuiser. Je dois aller prendre mon poste dès à présent.

Je pivote. Mon regard tombe sur un groupe un peu à l'écart sur le parking, près des voitures. Une dizaine de personnes, en cercle. Ça ne me dit rien qui vaille. Il s'agit probablement d'une altercation, ça se produit assez souvent dès que les gars ont consommé un ou deux verres de trop. Je devrais m'en désintéresser. C'est l'affaire de Mike, le videur, de gérer ces trucs-là et d'éviter que ça dégénère – la police par ici, c'est mal vu. Pourtant, quand j'entraperçois une peau caramel et une queue-de-cheval lissée, je m'immobilise. Elle.

Je suis certain que c'est elle. Mes pas me portent

jusqu'à l'attroupement sans que je le réalise, et je repousse quelqu'un sur le côté pour me faire une place dans le cercle des spectateurs.

Enfin, façon de parler. C'est plus un groupe compact qui s'est replié sur lui-même qu'autre chose. Au centre de l'attention se tient la jeune femme, face à ce que je nommerais sans hésitation un sombre crétin. Alors qu'elle s'emporte visiblement, le gars rigole, la tête rejetée en arrière.

Sa contrariété est évidente. Le type ânonne quelques mots que je ne saisis pas vraiment, mais qui la mettent en rage. Elle fronce les sourcils, se recule, crispée. Un mouvement d'épaule, la tête qui se tourne plus ou moins… Elle lève le bras comme pour le gifler. D'une main, il bloque son poignet. Il n'a plus envie de rire, même si un sourire un peu sadique barre son visage.

Elle résiste, grimace. Je lis sur ses lèvres deux mots :

— Lâche-moi.

— Et puis quoi encore ? réplique l'autre.

— Lâche-moi, Steven. Tu me fais mal.

— D'abord, tu m'accompagnes à la caisse et, si tu es gentille, on verra ce que je peux faire pour toi.

— Dans tes rêves, ordure !

L'instant suivant, elle gémit sous la pression qu'il exerce autour de son poignet.

— Lâche-la !

Je crie. Enfin, je le suppose, car il m'est difficile d'évaluer le volume de mes paroles. En tout cas, une chose est certaine : on m'a entendu. Les têtes se tournent vers moi. Je m'avance parmi les spectateurs, m'interpose.

— Lâche-la, répété-je en articulant soigneusement.

Le mec me considère, s'amuse de mon attitude.

— Sinon quoi ? bafouille-t-il.

J'aperçois Mike écarter quelques personnes pour tapoter l'épaule de mon potentiel adversaire.

— Sinon t'auras affaire à moi, lui dit-il simplement quand le crétin se retourne.

Le rapport de force s'inverse. Avec un geste désinvolte,

ce dernier libère le poignet de la fille et recule d'un pas. Elle m'observe d'un air insondable, avant que deux autres jeunes femmes lui fassent signe de les rejoindre. J'échange un regard entendu avec Mike, puis file prendre mon poste.

Chapitre 3

La nuit n'en finit pas. La file des consommateurs ne semble pas vouloir diminuer, et personne du staff ne daigne se pointer pour me permettre de faire une pause. Je fatigue. Les nerfs, sans doute, je ne sais pas. Cet incident à l'entrée du club m'a laissé un goût amer dans la bouche. Mes yeux s'égarent derrière la queue qui patiente, droit vers la piste de danse.

Comme toujours, j'y discerne des corps, des ombres en mouvement. Les lumières des stroboscopes, des spots… et les vibrations pour accompagner le tout – uniquement les vibrations. Je refoule un soupir, reviens à mes clients.

Deux cocktails, j'encaisse, au suivant. À croire que ça n'en finira jamais.

Lorsque enfin une accalmie se profile à l'horizon, j'en profite pour souffler, vidé. Je ne sais pas ce qui m'arrive. D'ordinaire, je gère plutôt bien. La fatigue, certainement. Les heures sup au ménage et à la préparation des salles ne vont pas arranger les choses quand je m'y mettrai.

Tout ça pour une mallette !

Ma mallette…, songé-je en pivotant. Je fais l'inventaire des boissons d'un œil exercé. Certains alcools ont tendance à partir plus vite que d'autres, j'ai toujours quelques bouteilles en stock sous le bar, au cas où le nombre des consommateurs ne me permettrait pas de m'éclipser pour filer dans l'arrière-salle chercher du ravitaillement.

Je m'accroupis pour sortir les précieuses de leur cachette

et les disposer à portée de main. Lorsque je me relève pour les placer au bon endroit, je le sens : ce regard sur moi.

Je m'immobilise avant de pivoter lentement.

De l'autre côté du comptoir... de grands yeux clairs, une peau satinée, des cheveux sombres lissés en queue-de-cheval. Elle.

Mon regard se verrouille aussitôt au sien. Ce que j'y lis me trouble, définitivement.

— Merci, dit-elle avec un léger sourire en coin.

J'acquiesce, nerveux. La peur de parler, ou plus exactement celle de balbutier de manière inintelligible, s'empare de moi... Comme jadis.

Sans s'émouvoir de mon absence de réponse, elle prend place sur un des tabourets hauts et pose les mains sur le bar. Deux secondes durant, je les observe. Des doigts longs, fins, une peau soignée, des ongles manucurés...

Je remonte jusqu'à son bras, son cou, ses lèvres pulpeuses... ses yeux. Elle m'observe sans faillir, et je crois deviner comme une question muette dans son regard.

Sans doute a-t-elle parlé, et je ne l'ai pas vu...

— Désolé, me forcé-je à expliquer. Je n'ai pas entendu.

Son sourire s'accentue, et elle se penche vers moi. Je louche sur ses lèvres, avide de les contempler – avide de les lire... lorsqu'elle les dérobe à ma vue pour s'approcher encore plus de moi. Son parfum flotte jusqu'à moi. Légèrement fruité, il me rappelle le printemps.

Je sens son souffle frôler la peau de mon cou, puis le lobe de mon oreille. Un court répit, puis de nouveau cela me fait frissonner.

Elle se recule, rive les yeux aux miens. Je n'ose parler – je n'ose lui dire... que je n'ai pas pu l'entendre.

Après m'avoir contemplé avec insistance, elle me sourit pleinement et quitte le tabouret. J'admire sa silhouette svelte, menue, qui rallie la foule des danseurs dans un déhanché presque provocant.

Lorsqu'elle se glisse sur le *dancefloor* et commence à bouger en rythme, qu'elle tourne un regard mystérieux vers moi, il s'en faut de peu pour que j'abandonne mon poste et aille la rejoindre.

Concentré sur elle, je l'observe onduler sur cette musique que je n'entends pas, jusqu'à ce qu'un consommateur vienne s'interposer entre nous, réclamer ses boissons.

Quand il quitte mon champ de vision… elle n'est plus là.

J'ai beau scruter le parquet, je ne la vois nulle part. Et, curieusement, cela ne me laisse pas indifférent.

L'avantage de mon poste de barman, c'est qu'il ne comporte quasi aucun temps mort. Hormis l'ouverture, où il n'y a que peu de clients, ça désemplit rarement. Le désavantage, c'est que ça me tient tellement occupé que j'ai peu d'occasions pour faire une pause et encore moins pour réfléchir.

Il y a foule, ce soir, vraiment beaucoup de monde, et je dois être au top de ma concentration pour ne pas manquer la moindre commande, ne pas me tromper. D'ordinaire, j'assure, et ça ne me pose aucun souci, mais aujourd'hui… Aujourd'hui, sans que je sache pourquoi, je suis perturbé. C'est d'autant plus compliqué de tout gérer, du coup.

Ma belle inconnue a été supplantée dans mon esprit par une pression constante et croissante côté travail. C'est tout juste si je coule un regard vers le *dancefloor* quand enfin je peux prendre une pause.

J'ai les jambes douloureuses d'être resté debout si longtemps. Parfois ça va, à d'autres moments c'est presque insupportable.

J'échoue à l'extérieur du bâtiment avec un soulagement indescriptible. La tête rejetée en arrière, j'aspire l'air frais et salvateur. Je ne suis pas claustrophobe et je bosse au night-club depuis suffisamment de temps, alors pourquoi ce sentiment dérangeant d'oppression ? Pourquoi ce coup au cœur, ce malaise grandissant ?

J'inspire et laisse mes bras pendre le long de mon corps. J'ai besoin de calme. De sérénité. D'être seul, dans ma bulle. Je ferme les yeux, appelle à mon souvenir l'image de la mallette, telle qu'elle trône dans mon studio, sur ma table. Grande, sombre et mystérieuse.

Un instant je tente d'imaginer ce que Tom aurait fait avec, comment il aurait ouvert les poussoirs avec des airs de conspirateur, en aurait soulevé le couvercle, affichant un sourire en coin, avant de se pencher pour se saisir d'une corde, d'un jeu de cartes ou d'un quelconque accessoire.

Je n'ai rien osé faire de mon achat depuis qu'il est en ma possession. J'ai trop peur, je crois, de ce que ça impliquerait, si jamais je m'essayais à jouer les magiciens.

Un vent léger vient effleurer mon visage. Je rouvre les yeux. La nuit alentour n'a pas changé, et je devine du coin de l'œil des groupes non loin de l'entrée. Comme toujours.

J'expire, trouve à m'asseoir sur un plot de béton brisé. Machinalement, je tâtonne dans ma poche à la recherche de mes pourboires, mais le cœur n'y est pas. Je finis par attraper ma cigarette et la coince entre mes doigts. L'habitude encore. Ça justifiera ma présence ici si d'aventure quelqu'un pointe le nez pour vérifier ce que je fais et pourquoi ma pause s'éternise.

Mon regard se perd quelque part entre mes boots, sur le sol en goudron. Une noirceur qui m'en évoque une autre, lointaine. Si lointaine.

Pourquoi faut-il que je pense à ça maintenant ?

Je sens mes muscles se crisper. Mes yeux se ferment brièvement, le temps de chasser la vision qui cherche à s'imposer.

Quand je les rouvre – quand je relève la tête –, je l'aperçois. Elle. Appuyée contre l'angle du bâtiment, à deux mètres tout au plus de moi. Son regard clair et perturbant me fixe sans faiblir, pas vraiment sympa. Soudain je me sens mal.

Elle semble agacée. Sa posture, son attitude, la tension dans son corps…

Je me redresse. D'un mouvement saccadé de l'épaule, elle s'écarte du mur.

— Je…, commencé-je.

Son majeur levé ne me laisse pas le temps de terminer. M'assassinant virtuellement avec les yeux, elle rompt le contact et me tourne le dos pour s'éloigner à grandes enjambées rageuses.

Je ne sais pas ce qui me prend alors. La perplexité, l'incompréhension ou le souvenir de son souffle contre mon cou… Toujours est-il que je la rattrape en quelques instants et pose la main sur son épaule pour l'arrêter.

Furax, elle pivote, et son bras levé projette le mien loin d'elle.

— Va te faire voir ! lance-t-elle abruptement.

Je m'écarte.

— Je…

Déjà elle est repartie à massacrer le sol à coups de talons exaspérés.

— Oh ! m'exclamé-je.

Sans doute que je crie, mais ça ne change rien à son attitude. Je la poursuis et la contourne pour me placer face à elle.

Mes yeux scrutent son visage énervé tandis que je recule à mesure qu'elle avance.

— Tu vas faire ça longtemps ? rage-t-elle.

— Tu vas m'expliquer ce que je t'ai fait ?

Je prie pour articuler comme il faut.

— Comme si tu ne le savais pas !

Je lève les mains en signe d'innocence et m'arrête. Nous avons atteint l'extrémité du bâtiment. Derrière moi, le parking bondé, mais aussi des groupes rendus passablement téméraires par la boisson. Mieux vaut éviter de s'aventurer par là-bas.

La fille me toise sans ciller, et quelque part je salue cette marque de force intérieure. Elle n'a pas froid aux yeux !

— Non, je ne le sais pas, réponds-je doucement avec l'esquisse d'un sourire.

— Mais bien sûr ! Tu vas pas me dire que…

La suite de sa phrase se perd dans le mouvement

qu'elle fait pour lancer un regard nerveux alentour, avant de revenir à moi.

— … Fait pas ! OK ?

La fin, par contre, je la lis sans souci sur ses lèvres charnues.

Ses yeux me mettent clairement au défi de m'expliquer. Je baisse un instant la tête.

Je ne sais pas ce qui me pousse à persister auprès d'elle. Je ne la connais pas, elle ignore tout de moi. Pourquoi m'entêter à essayer de lui faire comprendre ?

Je la contemple de nouveau. Dans deux secondes, elle aura tourné les talons. Deux secondes… Je n'ai que cela pour prendre une décision. Sans quoi, elle sortira de ma vie définitivement. Mais, en même temps, y est-elle seulement entrée ?

J'étudie son regard, y trouve la réponse à ma question – et en même temps ma décision.

Les mots que je dois désormais prononcer me coûtent. Je n'ai aucune envie de les dire, de voir cette lueur au fond de ses yeux changer. Sa pitié, je n'en veux pas. Sa compassion non plus. Je préfère qu'elle continue à m'observer comme elle l'a fait jusqu'à présent.

Je reviens à elle, lèvres closes. Cela semble l'énerver plus encore.

— OK, lance-t-elle. Si tu le prends comme ça…

Déjà elle me contourne pour s'éloigner. Les deux secondes sont largement dépassées. Je la retiens en posant les mains sur ses épaules.

— Écoute, je…

Nouvel échange de regards. Je devine dans le sien que, sans une explication valable, elle se tirera d'ici à toute allure.

— Je ne t'ai pas entendue, alors je m'excuse.

Un rire lui échappe. Un rire pour moi silencieux, mais que j'imagine briser l'obscurité comme autant de petites lucioles éthérées.

— Mais bien sûr ! Dans le club, limite, je veux bien. Mais là…

D'un mouvement des mains, elle désigne l'endroit où nous nous tenions.

— Tu vas me dire que la musique t'a empêché de m'entendre peut-être ?

— Oui, réponds-je à voix basse.

Un pli se forme entre ses sourcils.

— Arrête de te foutre de moi ! crache-t-elle en me repoussant presque violemment, avant de s'en aller.

Merde ! Je tergiverse l'espace d'une respiration. Mes doutes reviennent. Qu'ai-je à faire d'elle après tout ? Pourquoi je m'obstine à tenter de lui parler ? À vouloir qu'elle m'apprécie ?

La peau de mon cou me picote alors que je contemple son dos. Ce rappel de son souffle, encore… Je m'élance.

— Attends !

Sans doute ai-je crié fort cette fois-ci, car elle accélère le pas. Je cours pour la rattraper, l'arrête de nouveau en crochetant son coude.

— Écoute, je…

Ses yeux me transpercent, bouleversants. Je laisse échapper ma pauvre justification avant de ne plus en avoir le courage.

— Je n'ai pu t'entendre à aucun moment ce soir. Je suis sourd.

Chapitre 4

Ses yeux me fixent, insondables. J'abaisse les miens, par peur de voir son regard passer de surpris à triste et plein de pitié. J'ai trop souvent discerné ce sentiment dans les yeux de ceux que j'ai pu côtoyer en une dizaine d'années à vivre avec mon handicap. J'attends de percevoir son départ, comme c'est ainsi qu'agissent la plupart. Un geste d'excuse, un sourire de fausse compassion, puis ils disparaissent de ma vie, tout simplement.

Quelques battements de cœur passent. Je relève le menton. Elle n'a pas bougé. Son regard est toujours rivé à moi, il se verrouille sur le mien quand il le trouve.

— Sérieux ? dit-elle.

J'acquiesce.

— Mais…

— Je lis sur tes lèvres, m'empressé-je d'expliquer.

Elle semble surprise. Puis elle éclate de rire. Sa tête se détourne un instant vers le parking qui nous environne, avant de revenir à moi. D'un mouvement du doigt, elle chasse une mèche échappée de sa coiffure.

— … Me faire avaler ça peut-être ?

Nul besoin de lire toute sa phrase pour comprendre ce dont il retourne.

— C'est comme ça.

Je hausse une épaule. D'un coup, je me sens vraiment bête. Pourquoi ai-je été la courser ? Pourquoi ai-je tenu à lui expliquer ? Je n'aurais pas dû. Du reste, ma pause est depuis longtemps terminée. Je dois reprendre le travail.

J'esquisse un vague geste de la main et la dépasse pour repartir vers l'entrée du staff.

Mais, au moment de tourner l'angle, je ne peux m'empêcher de pivoter brièvement, juste comme ça. Elle me regarde, immobile, muette. Je disparais.

L'ambiance feutrée et étouffante du night-club m'environne de nouveau. J'ai beau être à mon poste et me focaliser sur mon taf, une partie de mon esprit est restée sur ce parking, face à elle. Je jette un coup d'œil à la piste surpeuplée.

Les stroboscopes nimbent de façon saccadée la foule toujours plus dense des danseurs, et parfois une silhouette se démarque, avant d'être happée par la fumée, les corps, les jeux de lumière.

Tout un monde auquel je n'ai pas accès.

Une main se plaque sur le comptoir dans mon champ de vision. Je relève les yeux… pour percuter un regard clair et déroutant.

— Sérieux, t'entends vraiment rien ?

Je souris en secouant la tête par automatisme. Puis je réitère le mouvement, avec plus de sérieux, afin qu'elle comprenne qu'il s'agit de ma réponse à sa question.

Sans plus de formalités, elle s'installe au tabouret de bar et croise les bras devant elle.

— OK, je te crois, continue-t-elle. J'ai murmuré tellement doucement que t'aurais jamais pu m'entendre avec ce bruit !

— Tu me testes ? lancé-je, très fort.

— Va savoir…

J'aime le petit air de défi avec lequel elle me contemple. Un assoiffé agonisant échoue juste à côté d'elle et me commande deux Sour en tapant du plat de la main à côté de la caisse. Je m'exécute vivement et lui présente ses verres dressés, récupère le billet et l'observe, blasé, filer vers une table où une midinette l'attend en gloussant. Je m'en désintéresse pour revenir à mon comptoir, et mon regard s'accroche de nouveau à celui de la fille.

— … Ça ?

Je fronce les sourcils. Elle lève brièvement les yeux au ciel avant de me fixer, avec sur le visage cette expression que je redoute par-dessus tout de susciter : un mélange de perplexité et de compassion. L'étape suivante, c'est la pitié franche et nette. Hors de question.

— On va dire que c'est la musique, enchaîné-je pour dédramatiser.

Sa bouche s'étire en un sourire spontané qui illumine ses traits. L'envie me prend de la faire rire, et plus encore, d'entendre son rire. Je détourne prestement le regard pour me concentrer sur mon job.

Un groupe de consommateurs se presse contre le bar, m'offrant l'échappatoire que je cherchais.

Je déchiffre sur leurs lèvres leurs commandes, plonge le nez dans mes bouteilles, encaisse les boissons comme le pourboire, plutôt généreux.

Ils repartent comme ils sont venus, sans doute bruyants, éméchés, la démarche incertaine. Je note dans un coin de ma tête de ne plus leur servir d'alcool pour la soirée… et sursaute quand une main douce et fraîche se pose sur la mienne.

Elle. Je remonte le regard jusqu'à ses doigts manucurés, la peau caramel de son bras, puis ses yeux. Elle me dévisage, mutine.

— J'ai trouvé comment attirer ton attention, articule-t-elle un peu exagérément.

Je n'ose pas bouger. La simple idée de rompre le contact de nos peaux accolées me semble intolérable.

— Pas la peine de forcer ta prononciation, expliqué-je. Je te lis sans souci.

— Tu me lis…, répète-t-elle.

Elle paraît pensive. L'instant s'éternise, et il faut que trois gamines frivoles l'interrompent en atterrissant devant moi, la bousculant au passage. La froideur soudaine sur ma main me fait presque mal, mais je me contiens. Je suis là pour faire mon job en premier lieu, je ne dois pas l'oublier.

— Je te sers quelque chose ? lui demandé-je lorsque je me suis occupé de mes clientes.

— Un Virgin, s'il te plaît.

— Ça roule !

En moins de deux, la coupe est préparée.

— Cadeau de la maison ! ajouté-je en déposant le cocktail devant elle.

Elle hausse un sourcil, amusée, avant de tremper les lèvres dans la boisson. Elle semble bientôt encore perdue dans des pensées dont j'ignore tout.

— Donc, comme ça…, commence-t-elle avant de pivoter vers le *dancefloor*.

J'attends qu'elle me revienne. Lorsque je trouve de nouveau son visage, c'est à mon tour de lever les yeux au ciel, de façon presque comique.

— Oh ! merde ! s'exclame-t-elle. T'as pas pu voir ce que je disais !

— Ça arrive quand les gens ne me regardent pas en face.

Elle se frappe le front de la paume, secoue la tête.

— Désolée.

— T'y es pour rien.

— Ouais.

Un silence partagé. Enfin, « silence », je me comprends. Elle me considère, comme pour m'évaluer.

— T'entends vraiment rien de rien ? questionne-t-elle finalement.

— *Nope*.

— La musique ?

— Même pas.

Une expression navrée recouvre ses traits, et je la fuis comme chaque fois en détournant les yeux. La pitié des gens, je n'en veux pas, je l'ai suffisamment expérimentée comme cela ! Je m'échappe vers le stock, vers les bouteilles, vers la caisse et les consommateurs pour éviter de voir son apitoiement.

Elle me surprend une fois de plus en posant la main sur mon bras. Je frissonne.

— Tu as deux minutes pour moi ? dit-elle.

Mes yeux sondent les siens, en quête d'un je-ne-sais-quoi hautement déstabilisant. Je hausse une épaule, incertain. Ses doigts glissent sur ma peau, frôlent mon épiderme avec légèreté. Ils dérivent jusqu'à mon poignet, parcourent le dos de ma main, la contournent et trouvent à se nicher dans ma paume, avant de s'arrimer à mes propres doigts.

— Viens, annonce-t-elle en quittant le tabouret.

— Le bar…

— Ferme-le pour quelques minutes.

— Non, je…

Son regard me dissuade de continuer ma phrase. J'hésite. Mes yeux partent scanner l'ensemble de la salle. Je croise ceux d'un serveur et lui fais un signe discret du menton. Et sans doute le gars a-t-il compris de quoi il retourne, car il abandonne son plateau pour me rejoindre et se couler près de moi.

— Problème résolu, clame l'innocente face à moi, ingénue. Viens.

Cette fois je n'ai rien à lui opposer. De son bras levé, elle accompagne mon mouvement alors que je contourne le bar, sans que jamais sa main ne quitte la mienne. Je me retrouve dos au comptoir. Il me semble découvrir le night-club d'un œil neuf. Ici, c'est mon lieu de travail, un endroit que je ne vois que depuis mon poste et sous un angle bien précis, toujours le même.

Or, voici que mon horizon est bouleversé. Déjà, elle s'avance, elle m'entraîne avec assurance vers la piste de danse. Je croise des gens et des regards. Je m'enfonce à sa suite dans un flot mouvant de corps et d'odeurs, de perceptions et de sensations.

Lorsqu'elle s'arrête pour pivoter et me faire face, je plonge dans ses yeux. Ils m'hypnotisent. Ils me bouleversent. Ils me crient tant de choses dont j'ignore tout…

Souplement, elle commence à se déhancher, et sa main

attire la mienne jusqu'à elle. Mon regard suit son geste, remonte à son visage.

— Viens avec moi, articule-t-elle.

Je suis persuadé qu'elle n'a pas parlé, juste remué silencieusement les lèvres. Elle dépose ma main contre sa taille, se remet à danser. Je me concentre sur son corps jeune et mince, désirable. Je bascule dans un autre univers. Ses mouvements se répercutent le long de ma main et m'envahissent peu à peu. Je devine une rythmique, l'écho oublié de ces musiques que jadis j'écoutais, dont le vague souvenir se fraye un chemin jusqu'à mes oreilles brisées dans les vibrations qui émanent du sol.

Je laisse le tout me submerger et, progressivement, m'emporter. C'est une sensation étrange qui s'insinue en moi, alors… celle de renouer avec une part perdue de mon passé. Je n'entends rien, certes, mais malgré cela, quelque part, la musique résonne en moi. Et danser face à elle a quelque chose de profondément libérateur.

Je souris, plonge dans son regard clair et ne le quitte plus. Lorsqu'elle se rapproche pour se coller à moi dans des mouvements lascifs et fiévreux, lorsque son parfum remonte pour m'envelopper, je vacille. Je touche du doigt un univers différent, un monde où je n'ai encore jamais mis les pieds : un monde où je suis presque comme tous les autres… Presque seulement.

Car la magie de l'instant, que je voudrais perpétuelle, se brise d'un coup lorsqu'une ombre s'interpose entre nous.

— Josh ! articule-t-elle en s'écartant.

J'ai tout juste le temps d'apercevoir une main masculine sur son coude, qui l'éloigne de moi. Le gars me tourne le dos, mais elle me fait face.

— Je danse, ça ne se voit pas ! lance-t-elle brutalement.

Je serre les poings. Les yeux de ma danseuse quittent l'homme pour se poser sur moi. Un mince sourire passe sur ses traits, et elle repousse l'importun d'un geste sec et nerveux.

— Ouais, c'est bon, deux minutes, râle-t-elle encore.

L'autre hausse les épaules et recule. Il n'a pas daigné m'accorder un seul regard. Ma jeune inconnue a tendu la main vers la mienne et m'entraîne à l'écart de la piste de danse.

— Va falloir… parte, m'annonce-t-elle, un peu gênée.

— Tu pars, c'est ça ? questionné-je, car elle a penché la tête.

Je suis incertain de ce qu'elle a dit même si je le devine.

— Oui, désolée. À un de ces quatre peut-être…

Elle est déjà prête à me quitter. Je la retiens en pressant sa main l'espace d'un instant.

— Tu reviendras ?

— On verra bien, articule-t-elle soigneusement.

Un ultime sourire, et elle disparaît dans la foule des danseurs.

Chapitre 5

Le reste de ma soirée se passe dans un flou intégral. Je reprends mon poste et assure mon service, totalement perturbé. Mon esprit se focalise sans cesse sur ces basses et ces vibrations qui cheminent jusqu'à moi et, pour la première fois depuis des mois que je travaille ici, j'y accorde un intérêt tout particulier.

À mesure que je me concentre dessus, d'autres perceptions me parviennent, des frissons, des émotions… Je n'entends rien, non, mais je ressens. Et, en soi, c'est plutôt révolutionnaire !

Lorsque je termine mon service, éreinté, l'envie me traverse furtivement d'aller me couler au milieu des derniers danseurs survoltés, pour me rapprocher de nouveau de ce que j'ai éprouvé.

Mais sans elle… J'ai peur de la déception.

À la place, je gagne les vestiaires du staff, change mes fringues et récupère mon blouson avant de jaillir hors du club comme un bouchon hors d'une bouteille sous pression.

J'ai juste le temps de filer jusqu'à la station pour choper le premier train et somnoler dedans. Je contourne le bâtiment, les mains dans les poches et la tête rentrée dans le col de mon blouson. Le froid est vif en cette fin de nuit, il me saisit et me fait trembler.

Je commence à être épuisé. J'ai hâte de pouvoir aller me coucher !

Le parking est désert. C'est assez rare, mais bon, ça peut arriver. Les derniers fêtards cuvent dans le night-club ou sont partis terminer leur nuit ailleurs. Je passe les places désertées, perdu dans mes pensées.

C'est un souffle de vent plus fort que les autres qui m'oblige à tourner la tête. Et, en définitive, à poser le regard sur elle. Là. Seule dans un recoin, à la lisière du rai de lumière déversé par un lampadaire. Elle.

Je m'arrête. Elle est assise à même le rebord du trottoir, engoncée dans une veste bien trop légère pour la saison. Mes pas me portent jusqu'à elle avant que je comprenne ce que je fais.

— Hey.

Mon étonnante danseuse lève vers moi ses yeux perturbants. Dans la presque obscurité de l'endroit, sa peau caramel prend des teintes douces et satinées, qu'il me démange soudain de toucher du bout des doigts.

— Hey, articule-t-elle.

Ses yeux me quittent pour sonder les tréfonds de la nuit finissante.

— Tu fais quoi ? demandé-je.

Haussement d'épaules. Son regard revient m'effleurer, et son contact pique mon épiderme presque douloureusement.

— Il s'est tiré, ce con ! lâche-t-elle seulement.

Je raccorde les wagons dans ma petite tête. Sans doute parle-t-elle du gars qui s'est interposé entre nous sur la piste de danse.

— Le type qui était avec toi ?

— Ouais. Il s'est tiré avec sa caisse sans moi.

Elle brandit dans un geste désabusé un smartphone dernière génération.

— Batterie HS, énonce-t-elle avec fatalisme.

Avant de laisser retomber son bras. Je l'étudie une seconde : si fine, si déstabilisante, tout à la fois fragile et presque… incontrôlable. Indomptable. On dirait un volcan endormi prêt à exploser à tout instant.

— Tu vas rester ici jusqu'à ce que…

Mon sourcil haussé achève ma phrase pour moi. Au regard noir qu'elle me décerne, je sais que j'ai touché juste.

— Allez, viens, lancé-je en lui tendant la main.

Elle la considère, un peu sceptique.

— Je ne vais pas te laisser mourir de froid ici. On va appeler un taxi et attendre à l'intérieur qu'il arrive.

J'agite les doigts et accentue mon sourire. Un instant encore elle m'évalue, puis enlace sa main dans la mienne. Je l'accompagne dans le mouvement qu'elle fait pour se relever et rebrousse chemin.

Le trajet pour rejoindre la porte blindée est rapide, mais il me paraît étonnamment long. Comme si un ange avait soudain déposé une seconde d'éternité sur les lieux.

Je l'ouvre avec mon pass et la précède à l'intérieur. Un escalier métallique, une seconde porte, puis les locaux du staff : exigus, mêlant vestiaire et espace de détente. Les quelques serveurs encore présents haussent un sourcil étonné en me voyant revenir… accompagné.

Je désigne le téléphone mural d'un mouvement de la tête.

— De quoi contacter ton carrosse…

Nos regards se croisent, puis elle s'approche du combiné et lance l'appel. J'ai un sourire d'excuse pour mes collègues ; mais, tout comme moi, leur nuit de travail les a éreintés, et leur souci immédiat est plus de rentrer chez eux que de s'inquiéter d'une cliente dans leur vestiaire. L'un après l'autre, ils quittent les lieux après un bref hochement de tête en guise de salut.

Je m'installe à même la table qui occupe l'un des angles en attendant qu'elle termine. Et, lorsque ses yeux englobent l'endroit déserté avant de se poser sur moi, je frissonne.

— Tout est réglé ? questionné-je.

— Oui. Merci.

— Normal.

Soudain hésitante, elle me dissimule son regard en le perdant dans l'étude de la pièce.

— Niels, lancé-je pour briser le silence qui commence à s'installer entre nous.

Moi, briser le silence ? Ironique.

Elle se retourne vers moi, me scrute. Elle sourit, s'approche de quelques pas.

Le mot qu'elle prononce ensuite, je ne le saisis pas. Elle l'a articulé trop vite et, de plus, il m'est inconnu.

— Je… Désolé, je n'ai pas compris.

Elle hoche la tête, un pli soucieux au front.

— Et comment je te dis mon nom, puisque tu ne le comprends pas ?

Je n'hésite pas un seul instant.

— Tu peux me l'écrire ou me l'épeler.

— Tu as du papier ? Un crayon ?

Je saute de mon perchoir improvisé, contourne le meuble où on remise nos uniformes et ouvre la porte de sortie. À proximité se trouve la boîte où les serveurs déposent leurs carnets de commandes quand ils ont terminé leur service. Je déchire un morceau cartonné, chope un crayon dans la panière placée à côté et reviens à elle.

Elle n'a pas bougé, et sous l'éclairage artificiel ses joues semblent s'être un peu plus colorées.

— Suffit de demander.

Nos mains se frôlent quand je lui donne ce dont elle a besoin. Mutine, elle pivote et me dissimule ce qu'elle inscrit. Et c'est presque solennellement qu'elle me rend le tout. Je déchiffre les lettres, soigneusement tracées.

Ileyna.

En cet instant, j'aurais aimé l'entendre pour connaître la sonorité de ce prénom. Hélas, je ne le peux pas. Je chasse ce regret, force un sourire sur mes traits et articule son nom avec la main, tout en le prononçant lentement avec ce souffle que je ne perçois plus.

— Ileyna. Enchanté.

Elle me dévisage, et ses yeux s'attardent sur ma gestuelle.

— Tu fais quoi avec tes mains ? questionne-t-elle.

J'ai deviné une partie de ses mots.

— Je trace ton prénom, expliqué-je. Tu sais, c'est plus facile de te comprendre quand tu me regardes.

— Pardon.

Elle désigne ma main du menton.

— Tu me montres ?

Je souris, plus franchement cette fois.

— « I », commencé-je en repliant les doigts.

La suite des lettres composant son prénom se perd dans la danse de ma main, lente et expressive. Ileyna m'étudie attentivement et esquisse à son tour un geste maladroit.

— Tu n'as pas besoin…, dis-je en la contemplant.

Qu'elle veuille imiter mon langage me trouble et ne me laisse pas indifférent. Rares sont les gens à tenter de passer outre à mon handicap. La plupart acceptent comme une évidence que je lise leurs mots sur leurs lèvres et que je m'adapte pour me faire comprendre. Ceux qui ont fait l'effort d'inverser la situation et de s'adapter à moi se comptent sur les doigts d'une seule main.

Elle rive le regard au mien, me sourit d'une manière spontanée et si naturelle que j'en suis bouleversé.

— Je m'en sors bien ? demande-t-elle.

— Très bien, oui. Vraiment bien.

— Et ton nom à toi, comment tu le dis ?

— Tu veux vraiment savoir ?

— Bien sûr.

— OK.

J'épelle les lettres de mon prénom une à une, formant leur double de chair avec mes doigts et ma main. Attentive, Ileyna s'applique à répliquer mes gestes plusieurs fois, jusqu'à les enchaîner avec fluidité.

— Bravo.

— Merci. Je…

La suite de sa phrase se perd dans sa chevelure. Elle a soudain tourné la tête vers la porte de sortie. Lorsqu'elle revient à moi, elle semble embêtée.

— Je crois que mon chauffeur est arrivé.

Sans doute a-t-elle entendu un klaxon. Vivement, elle

se rapproche de moi, nerveuse. Son parfum m'envahit, menaçant de me transporter ailleurs. Je me raccroche au présent, à son regard déstabilisant.

Qui a-t-elle appelé ? me demandé-je alors. *Cet imbécile qui l'a laissée en plan ? Un taxi ? Quelqu'un d'autre ?*

Je n'ose la questionner, mais son stress augmente, et cela m'étonne.

— Ileyna…, commencé-je.

— Chut.

Son doigt sur mes lèvres m'impose ce silence qui m'environne constamment et que j'aimerais tant briser ne serait-ce qu'une fois.

Ses yeux sondent les miens, avant de se poser sur son doigt. Elle hésite quelques instants, puis se hausse sur la pointe des pieds et approche son visage du mien.

Sa bouche vient toucher la mienne, suavement, presque insidieusement. Le contact est furtif, léger ; pourtant, il est bouleversant au-delà de tout ce que j'ai pu connaître.

Mes mains entourent son petit corps et la pressent contre moi. J'ouvre les lèvres, quémande l'accès à sa bouche, caresse sa langue avec la mienne. Elle ne me repousse pas… du moins, pas immédiatement.

Lorsqu'elle le fait, c'est avec un regret nettement perceptible. Elle s'écarte, glisse hors de mon étreinte et recule jusqu'à la sortie.

J'avance plus lentement, ne sachant si je dois la suivre ou rester ici.

Le temps que je me décide, elle est déjà en bas. Je jaillis sur le parking comme un jeune chien fou et l'aperçois monter à l'arrière d'une somptueuse berline noire.

— Ileyna !

Elle s'immobilise. Ses yeux viennent se planter dans les miens. Elle esquisse un signe d'au revoir de la main, avant de disparaître dans le véhicule.

Chapitre 6

La mallette me fait face. Je l'ai déposée sur ma minuscule table et me suis assis devant. J'observe depuis plusieurs minutes son système d'ouverture, le cuir dont elle est faite. Je n'ose l'approcher. Quelque part, le visage et la voix de Tom se répercutent dans mon misérable studio.

Je détache mes mains l'une de l'autre et tends un doigt hésitant. Il n'achève pas sa course, s'arrête en plein vol à mi-chemin entre moi et l'objet. Je me recule contre le dossier de ma chaise. Il me semble que, si je termine mon geste, c'est le fantôme de mon frère que je ferai disparaître. Je soupire, me détourne vers la petite fenêtre qui donne sur les toits parisiens.

Le jour terne s'éteint à l'horizon, je devrai bientôt rejoindre mon taf. Une fois encore, ma nuit va être écourtée et décalée, mais depuis quelque temps je prends de plus en plus plaisir à cela. Mes horaires de travail « régulier » ont été chamboulés ces deux dernières semaines, j'ai dû changer mes permanences au night-club et n'y ai mis les pieds que de manière erratique.

Le patron est correct, il connaît ma situation, ça ne l'a pas dérangé d'ajuster mes heures avec les deux autres employés qui peuvent occuper le poste.

Mon regard quitte la fenêtre pour revenir sur la mallette. Lentement, je m'installe de nouveau devant. Ma main l'effleure, un peu comme les doigts d'Ileyna ont effleuré ma peau cette nuit-là. Ileyna… Sans elle, je n'aurais jamais pu m'offrir ce présent que je n'ose profaner. Je ne l'ai pas revue depuis cet instant volé dans les vestiaires des employés.

Soupir. Sur un coup de tête, j'attrape la mallette, la pose à plat et la déverrouille. Au cœur de mon silence continuel, le couvercle daigne révéler son contenu.

Un écrin de velours d'un bleu profond, un jeu de cartes soigneusement emballé, un livret plutôt imposant, des balles, des cordes, un DVD (qui ne me servira sans doute à rien, magnifique…) et d'autres trucs dont je ne saisis pas tout de suite l'utilité.

Tout naturellement, mes mains se portent sur les balles. Tom adorait faire des tours avec les balles. Et moi j'en raffolais. Voir la balle bleue disparaître dans sa main et réapparaître derrière mon oreille était un régal pour mes yeux d'enfant.

Je les déballe, les contemple, les tourne pour en apprécier la texture entre mes doigts. Rien d'extraordinaire. Je les fais rouler dans ma paume, pour le plaisir d'en sentir le contact.

Peut-être que…

Regard à l'horloge. Trop tard pour tenter quoi que ce soit. Résigné, mais tout de même satisfait d'avoir pu franchir cette première étape, je remise les balles dans leur écrin et enfile mon manteau. Sur un nouveau coup de tête, je chope le livre et le glisse dans ma poche intérieure. Je le lirai dans le train. Enfin… peut-être.

Je quitte mon studio pour le métro et mes trois quarts d'heure de transports.

Le *dancefloor* m'attire irrésistiblement. Je ne peux m'empêcher de le lorgner toutes les trois minutes, c'est-à-dire après chaque client. Je me surprends à observer les danseurs, à étudier leurs gestes, leurs mouvements, et à tenter de deviner sur quel rythme ils évoluent.

Il me démange de m'approcher pour sentir les vibrations des baffles et les laisser m'emporter dans une danse sans entraves.

Mais pas sans elle.

Je baisse la tête, me concentre de nouveau sur mes cocktails, soft et alcools. C'est pour ça que je suis payé, après tout… Les consommateurs se bousculent au bar. Ce soir, le club propose un soft gratuit aux femmes, alors il y a foule autour de moi. Le boss a prévu un second barman pour me remplacer sur le coup de 4 heures du mat'. Il sait que je ne vais pas avoir une minute à moi, plus encore que d'habitude… Offrir un soft, c'est ouvrir la porte à quatre commandes par la suite pour chaque personne. Ça incite à la consommation : les femmes se servent une première fois, et leurs copains aussi, mais eux payent. Et puis un verre en appelant un autre… Le barman reste toujours occupé.

J'encaisse une commande et chope les feuillets déposés par un serveur. Tout juste le temps de jongler avec la file d'attente et les spéciaux, une heure déjà est passée.

Les stroboscopes s'animent, annonçant le lancement officiel de la soirée – jusque-là, c'était un simple échauffement. La densité de la foule s'accroît sur le parquet, provoquant une brève accalmie de mon côté.

Je me recule, trouve une bouteille d'eau et la vide de moitié en quelques lampées.

Bientôt l'heure de la pause, enfin j'espère, songé-je.

L'avantage de ces soirées, c'est que les pourboires augmentent en conséquence. Cette pensée me réjouit. Ça fera quelques extra bienvenus dans mon quotidien. C'est motivant à 100 %.

Je plonge quelques instants sous le bar calculer rapidement si je dois prévoir de retourner au stock pour rapporter mes réserves. Quand je refais surface, deux mains manucurées sont sagement posées sur le comptoir. Je m'immobilise.

Le temps de remonter des bras dénudés à la peau satinée, mes yeux se rivent aux siens.

Un sourire éclaire son visage, et elle penche un peu la tête sur le côté. Elle esquisse un salut d'un mouvement souple du poignet. Puis, à ma grande surprise, elle forme lentement deux mots : *Salut, Niels.*

J'en reste bouche bée. Son sourire s'affaisse, et une lueur d'inquiétude passe dans son regard.

— J'ai mal signé ? demande-t-elle du bout des lèvres.

Je secoue la tête.

— Non. Non, non… C'était parfait, m'empressé-je de répondre. C'est juste que… j'ai pas l'habitude, c'est tout.

Un sourire de fierté revient illuminer son visage. Du menton, elle désigne le *dancefloor* derrière elle.

— T'es libre ?

J'esquisse un geste désolé.

— C'est soirée *woman*, je ne vais pas avoir une seconde à moi avant la fin de mon service.

— À quelle heure ?

— 4 heures.

— OK.

Un clin d'œil, puis elle s'écarte du bar et s'éloigne dans un déhanché voluptueux. Je peux presque deviner les accents des basses et les volutes des aigus dans sa démarche. J'adore !

Elle se retourne, ses yeux me trouvent sans faillir, et ses mains reprennent une danse que je n'ai que trop peu souvent eu l'occasion de voir, sauf dans les structures spécialisées.

— À tout à l'heure alors.

Je me mords la lèvre pour dissimuler l'élan de joie qui me saisit.

3 h 50. J'ai les jambes en feu et les pieds en charpie d'être resté debout quasiment non-stop. Je rêve d'un instant d'isolement total, loin des lumières et de la foule. J'étouffe. Je me console au rythme des minutes qui défilent. Mon remplaçant est déjà là. Il trouve ses marques, attend que j'achève ma dernière gestion avant de prendre la suite.

Je lui cède la caisse et le bar avec un soupir de soulagement. Je m'extrais du comptoir, un poids moins lourd sur la poitrine. Dans quelques instants, retour à la quiétude de la nuit, à l'air frais, à la solitude.

Des doigts se glissent contre les miens, chauds et doux. Satinés. Je pivote.

Ses yeux me happent, et je ne vois plus qu'eux. J'oublie instantanément mes envies de tranquillité lorsqu'elle serre ma main dans la sienne.

— 4 heures, articule-t-elle, mutine. Tu as encore assez d'énergie pour une danse ou tu es trop épuisé ?

Elle me met au défi. J'arrime plus fort mes doigts aux siens et l'entraîne sur le *dancefloor* sans un seul mot. Nous n'en avons pas besoin. Ileyna se presse contre moi et d'autorité place mes mains sur ses hanches.

— Suis la musique, déclare-t-elle avant de commencer à onduler.

Je reste un instant à m'imprégner des ondes que le sol me répercute, à ressentir ses mouvements à elle, puis, doucement, je m'accorde, je m'adapte et je me retrouve à danser, à déplacer mon poids d'un pied à l'autre pour mieux épouser le rythme et ses gestes qui résonnent en moi. Je me laisse emporter par les vibrations, par le déhanché d'Ileyna, par son corps contre le mien, qui m'indique d'infimes fluctuations de la musique, des envolées qui la font réagir en mouvements saccadés et pressions accentuées, des accalmies remplies de tension dans ses arrêts soudains… J'adore ça. Je ferme brièvement les yeux, oublie tout le reste pour ne savourer que ce moment. Contre moi, Ileyna s'exalte dans sa danse trépidante, me tournant parfois le dos, sautillant, se dressant sur la pointe des pieds, les bras relevés, pour glisser vers le sol à la note suivante… Son parfum, le même que l'autre fois, m'enivre d'une façon qui m'était jusqu'alors totalement inconnue. J'aurais presque envie de m'immobiliser pour l'observer évoluer, si ce sentiment palpitant ne s'était pas emparé de moi.

Lorsqu'elle finit par s'arrêter, je suis en nage mais ravi.

Elle m'entraîne un peu à l'écart, et son corps se resserre contre le mien. Très doucement. Très savoureusement.

D'ordinaire, j'aurais hésité. Mais la fatigue, l'exaltation et son regard toujours aussi troublant m'enhardissent.

Je place les mains au creux de sa taille et esquisse quelques pas. Je n'ai pas besoin d'entendre ou de ressentir la musique, cette fois, non… Juste celui de la composer par moi-même, pour qu'elle s'accorde à la perfection à nous deux. Un tempo lent, qui va crescendo, vibrant d'émotions, un violon qui lance sa plainte en trois temps, modulé par l'envolée d'une harpe, la puissance du violoncelle… Autant de sons dont j'ai presque oublié la teneur, mais que je m'oblige à me rappeler en cet instant… pour elle.

Ileyna rive les yeux aux miens, et son rythme s'accorde au mien. Nous restons ainsi à l'écart du *dancefloor* et des danseurs survoltés, dans notre bulle, et rien ne semble pouvoir la faire éclater. Rien sauf… ses lèvres qui remontent jusqu'à trouver les miennes et s'y sceller.

Mon univers s'en trouve suspendu. Je ne respire plus. Et, avec une infinie douceur, je pousse plus avant le baiser. Les yeux d'Ileyna se ferment, les miens dévorent son visage sans discrétion. Son corps contre le mien m'échauffe, me rend fou ; et, lorsqu'elle se presse plus encore contre moi, que sa senteur m'enveloppe, je me retrouve très à l'étroit dans mon pantalon.

Un délicieux sourire s'inscrit sur ses lèvres lorsqu'elle recule la tête. Ses yeux rouverts sont une invitation à me perdre en eux… en elle. En cet instant, je la voudrais mienne pour l'éternité.

Mais, comme tout instant, il possède un début et une fin. Elle s'écarte, et mon bras se tend pour prolonger l'entrelacement de nos doigts.

Un dernier sourire, et elle m'abandonne. J'observe sa silhouette disparaître parmi les danseurs. Soudain, il ne me reste qu'un vide immense et froid. Autour de moi, les mouvements, la foule, les lumières… Pourtant, je me sens incroyablement seul.

Je demeure immobile quelques secondes, le temps de graver ce moment dans ma mémoire, puis je me dirige vers le vestiaire du staff. Après avoir passé la main dans mes cheveux, je me change. Mon regard accroche le livre de magie que j'ai emporté avec moi. Tout le trajet aller, je l'ai contemplé sans oser le feuilleter – ultime réticence superstitieuse.

Que je m'adonne aux tours de magie fera-t-il disparaître les derniers souvenirs de cette vie de famille parfaite que je possédais avant ? Je ferme les yeux brièvement. Le visage de mon frère se fait flou dans mon esprit. Hormis les vieilles photos que j'ai réussi à conserver avec moi au fil de mon parcours compliqué d'enfant de la DDASS, le reste se délite au fil du temps.

Qu'aurait été ma vie, sans cet accident ? me demandé-je pour la millième fois. *Serais-je ici ?*

L'aurais-je rencontrée alors ?

Je hausse une épaule, ferme mon casier et, le manuel en main, quitte le bâtiment pour le parking enténébré.

Je manque heurter Ileyna quand je jaillis de la porte de service. Son sourire m'accueille, coquin, un peu taquin, totalement mystérieux.

— Hey, lancé-je par automatisme.

Ses yeux me détaillent, puis se posent sur le livre serré contre mon torse. Elle se penche d'une manière enfantine pour en parcourir le titre.

— La magie ? s'étonne-t-elle.

Je hausse une épaule.

— Un truc qui me trotte dans la tête, comme ça…

— J'adore la magie, répond-elle spontanément. Un de mes amis est illusionniste, il évolue dans des cercles fermés, ses tours sont extraordinaires.

Je me rembrunis. En quelques mots, on dirait qu'elle a brisé le caractère précieux et unique des tours qu'effectuait mon frère. D'un geste un peu nerveux et agacé, je soustrais le manuel à son regard en le glissant dans la poche intérieure de mon blouson. Ses yeux suivent mon mouvement, reviennent se fixer aux miens.

— Tu saurais me faire un tour, un jour ? questionne-t-elle encore, n'ayant visiblement pas conscience de ce que ses paroles ont provoqué en moi.

Du reste, sa demande me prend au dépourvu.

— Je…

Elle pivote soudain la tête vivement, ne me laissant pas le temps de répondre. J'aperçois un groupe de jeunes, qui lui fait signe.

— Je dois y aller, dit-elle quand elle constate que je la regarde de nouveau. Bye.

Et elle dépose un rapide baiser sur mes lèvres avant de se sauver.

— Bye, murmuré-je lorsqu'elle tourne l'angle et disparaît à ma vue.

Chapitre 7

La magie. L'illusion. Les balles roulent dans mes mains, tandis que je contemple le livre posé sur la table devant moi. J'hésite encore à me lancer pleinement dans l'exploration de la mallette et des possibilités de réalisation qu'elle offre, mais après tout… si j'en ai fait l'acquisition et me suis mis en situation financière instable, ce n'est pas pour la laisser orner ma table jusqu'à la fin du monde.

Et puis, la demande d'Ileyna me tourne en boucle dans la tête.

Lentement, je dépose les balles pour me pencher sur le guide. J'en parcours les pages et, presque avec réticence, je commence à tenter un tour. Le coup de main est compliqué à prendre, ma technique maladroite, et ne parlons pas de ma vitesse d'exécution ! Aucune chance que je passe pour un prestidigitateur comme ça…

— Tom, comment faisais-tu ? murmuré-je dans le silence qui m'habite.

D'un geste énervé, je repousse le contenu de la mallette. Malmène mes cheveux. Tom… Tom avait toujours le sourire, la prestance, l'attitude parfaite qui conférait secret et mystère à ce qu'il faisait. Il s'installait face à moi, une lueur au fond des yeux. Je pourrais presque l'entendre chuchoter, penché vers moi…

« Niels… Tu veux que je te montre quelque chose de magique ? »

J'acquiesçais, déjà fasciné. Alors lentement, avec des airs de conspirateur, le sourcil haussé, il tirait de sa poche un accessoire, foulard, balle, pièce, carte, qu'importe… et la magie opérait. L'objet glissait entre ses doigts, filait se cacher derrière un paravent invisible, pour réapparaître quelques instants plus tard là où je ne l'attendais pas.

— Comment tu fais ? avais-je questionné une fois, impressionné.

— Les fées viennent m'aider !

— Ça n'existe pas !

— Alors les lutins ! Et, si ça ne suffit pas, je demande de l'aide à mon reflet. Il réussit toujours là où les autres échouent.

— Ton reflet ?

Mon frère avait hoché la tête gravement, comme s'il venait de me confier la chose la plus importante au monde, avant de s'en aller, me laissant dans le salon, des étoiles plein les yeux.

Je cligne des paupières pour chasser ce souvenir. Comme tous les autres, il est bien trop perturbant pour que je veuille m'y attarder. Il me fait du bien… et me fait mal tout à la fois. Il me rappelle ce que j'avais, ce que je n'ai plus.

— Ton reflet, hein ? lancé-je sans me soucier d'articuler correctement.

L'avantage quand on est seul… on n'a à s'inquiéter d'aucun regard ou jugement de qui que ce soit. Je me lève, reprends les balles et gagne ma minuscule salle de bains pour me planter devant le miroir. Celui-ci est trop petit pour que je puisse m'y contempler en pied, mais je vais m'en contenter. C'est avec le sentiment d'être un sombre crétin que je commence à tenter les jeux de mains et les manipulations face à moi-même…

Mes nuits sont peuplées de tours d'illusion, de jeux de miroirs et d'accessoires de passe-passe. Mes journées occupées à lire le manuel et, très vite, cela ne me suffisant plus, à fureter sur la Toile à la recherche de tutos et d'autres informations pertinentes. Or, s'il existe des masses de liens et de pseudo-cours de magie, les vrais, ceux qui font briller les yeux d'étonnement, sont vraiment difficiles à trouver. Je m'accroche.

À présent que j'ai décidé de me lancer, à présent que j'ai ouvert ma boîte de Pandore personnelle, hors de question de reculer. J'apprendrai à faire aussi bien que mon grand frère. C'est une promesse que je me suis faite.

J'acquiers un nouvel ouvrage un peu plus poussé via Internet et le dévore lors de mes trajets en transports en commun. Plus besoin d'écouteurs factices pour m'isoler, le texte me le permet. Je me découvre plus concentré, plus décidé. Comme si réussir là où Tom excellait était devenu une sorte de but à atteindre : un objectif rien que pour moi, pour offrir un sens à mon existence.

Et mes mains, outil de communication par excellence, entrent doucement en scène. Elles s'animent, souplement, avec une fluidité grandissante, pour dissimuler ou révéler les balles et les foulards, pour faire tourner les cartes et les orienter dans le sens qui me convient. Sans doute la nécessité d'être précis dans mes gestes au quotidien, quand je cherche à me faire comprendre, m'aide-t-elle grandement, car il me semble que j'apprends vite… et bien.

Et quelque part, cela me réjouit.

Même le night-club se fait l'antre de mes expérimentations. Je profite de la lumière rasante et décalée, des flashs stroboscopiques pour tester des effets de disparition subite. Il n'y a pas à dire, l'ambiance, ça peut beaucoup aider. Et les cerises et rondelles de citron, ou les pailles colorées, les parasols sont autant d'accessoires improvisés qui me permettent d'améliorer ma rapidité et mon mouvement de poignet.

Les filles en sont épatées, et je me prends vite au jeu. À tel point que servir mes boissons se transforme en spectacle impromptu de mes maigres talents d'illusionniste. Mais, avec l'atmosphère enténébrée et particulière, ça fonctionne, et le volume de mes pourboires s'en ressent.

Je kiffe !

Et encore plus quand une main douce et satinée se pose sur mon avant-bras, m'interrompant dans un similitour de miniparasol. Je pivote vers elle.

— Niels, hello, me saluent ses lèvres.

Je louche sur sa bouche avec gourmandise, avant de trouver ses yeux. Ils brillent.

— Ileyna, réponds-je en un sourire.

Je ne sais pas trop si c'est le fait qu'on apprécie mes tours de pseudo-magie ou que j'aie pris une décision, mais je me sens plus rempli d'assurance face à elle, ce soir.

Elle regarde mes mains, fronce un sourcil.

— Tu…

— … M'essaye à deux trois trucs, rien de transcendant, m'empressé-je de compléter.

— … Délire ! clame une fille à côté de moi – c'est le mouvement d'Ileyna qui m'incite à me tourner vers elle. C'est trop fort ce que t'as fait !

Je souris à la consommatrice. Avec un clin d'œil à l'intention d'Ileyna, je reprends mon rôle de barman pour servir les habitués. Elle joue distraitement avec une mèche de cheveux. J'aimerais y passer la main, juste pour en apprécier la texture. Soyeuse, je le sais… À son attitude, je devine qu'elle est impatiente de rejoindre le *dancefloor*, mais qu'elle se contient. M'attend-elle ? Je l'ignore. Mais, quand deux filles viennent l'entourer, elle a pour moi un regard d'excuse avant de s'éloigner.

Mes yeux se rivent à elle, et une pointe amère de jalousie me perce le cœur quand un homme s'approche pour se coller à elle et entamer une danse très… physique… avec elle. Pour la première fois, je crois que je maudis les impératifs de mon job.

Aussi, lorsqu'un serveur dépose sa commande à mon bar, je saute sur l'occasion.

— Remplace-moi cinq minutes !

Et, sans lui laisser le temps de refuser, je passe le comptoir et m'élance sur la piste. Je trouve rapidement

Ileyna, au corps-à-corps avec un bodybuildé trop plein de testostérone, et m'avance jusqu'à elle.

Mon bras touche le sien, nos yeux se croisent et se retiennent. Elle me sourit. J'ai son attention. Ma main glisse jusqu'à la sienne, et je l'entraîne de trois pas sur le côté, loin de Monsieur Muscles. Lequel me dévisage, outré par mon audace. Peu importe. Ileyna… Ileyna a ouvert une brèche en moi, et je suis certain que je lui plais. Hors de question de continuer à jouer les renfermés face à une fille pareille !

J'inspire, laissant les vibrations du sol monter à moi, et me focalise sur elle. Les flashs de lumière, alternativement roses et jaunes, illuminent ses traits. Elle est en sueur, mais son regard brille de force et de vigueur. Son sourire m'incite à me lancer. Je tends le bras, cale la main dans son dos et l'attire à moi.

Je ne suis pas un danseur émérite mais, à force de bosser ici, j'ai pu voir comment certaines danses se pratiquent. J'entraîne ma belle partenaire dans un mouvement de pas où nos bassins collés, ma jambe entre les siennes, font augmenter la température plus vite que les gens agglutinés autour de nous. Ileyna s'en amuse, un rire secoue sa poitrine. Je regrette de ne pouvoir l'entendre, mais la rapproche un peu plus de moi pour le sentir se propager dans mon torse, à défaut d'autre chose. Nos yeux ne se quittent plus, je fais corps avec elle, l'entraînant toujours plus à l'instinct dans cette danse que j'improvise au fur et à mesure.

— Où as-tu appris ça ? finit-elle par me demander.

Elle n'a pas parlé. Juste articulé. J'esquisse un sourire un peu mystérieux…

— Je suis fin observateur, me contenté-je de répondre.

— En tout cas, j'adore !

— Tu m'en vois ravi.

Nous continuons quelques instants encore, et elle noue les bras derrière mon cou. J'ai chaud. Un bien-être invraisemblable m'a envahi. Je crois que jamais je ne m'étais senti à ce point heureux et vivant depuis… depuis très longtemps.

C'est un coup d'œil au bar qui brise le moment : le serveur me fait signe. Je me suis trop attardé. Je reviens à Ileyna. Dans son regard, je lis qu'elle a compris que je dois reprendre mon poste.

— Navré…, dis-je.

— Tu finis à quelle heure ?

— Dans deux heures…

Elle réfléchit à cette information.

— Je dois y retourner…

— Niels…

Sa main me ramène à elle. Capture ma nuque, me demande de me pencher d'un geste. Je m'exécute. Nos lèvres se trouvent et se rencontrent, avec une intensité très forte – encore plus que la fois précédente. Je l'embrasse à pleine bouche, au garde-à-vous… Elle me rend fou !

Lorsqu'elle me libère, ses lèvres – encore elles – me retiennent le temps de quelques mots.

— Avec des potes, annonce-t-elle, on a prévu une virée pour un after tout à l'heure. Ça te tente de venir avec nous ?

J'hésite. Je suis du genre solitaire, ce type de soirées n'est pas parmi celles que j'affectionne ou auxquelles je participe facilement. À vrai dire, je n'ai pas d'amis, pas d'affinités avec qui que ce soit… hormis avec elle.

— OK.

Cela m'a échappé. Mais, si cela me permet de prolonger ces moments en sa compagnie, après tout…

Son sourire s'accentue.

— Je passe te prendre.

— OK.

Lorsque, deux heures plus tard, sa main revient s'emparer de la mienne, puis qu'elle m'entraîne sur la piste de danse, louvoyant avec agilité entre les groupes et le mobilier jusqu'au vestiaire, il me semble devenir une tout autre personne. Je l'arrête cependant en chemin.

— Mes affaires sont côté employés, lui rappelé-je.

— Tu me retrouves dehors ?

— D'accord.

Le temps de passer me changer, de reprendre mes affaires et de ranger mes pourboires, j'émerge dans l'air presque glacial de la fin de nuit. Le froid me saisit le visage, mais je le savoure. Cela fait un bien fou après l'enfermement et la moiteur du night-club. Je contourne le bâtiment, m'aventure sur le parking, jusqu'à apercevoir un petit groupe de huit ou neuf personnes. Je me dirige vers eux, trouve rapidement la silhouette d'Ileyna. Une ombre d'inquiétude me traverse. Les postures, les gestes, les attitudes de ces gens… Tout me crie le conflit, les soucis. Je presse le pas.

Trois femmes, quatre hommes, plus Ileyna et un grand gaillard qui lui fait face. Je reconnais celui qui nous avait interrompus l'autre fois et me déplace instinctivement à côté d'elle.

Le regard du gars me trouve, me toise, presque agressif. Je le soutiens sans m'émouvoir.

— Quoi, ce gus ? s'exclame-t-il en me désignant d'un geste dédaigneux.

— Ça te dérange ? réplique Ileyna.

L'autre hausse une épaule, mauvais.

— Ouais. Jusqu'à preuve du contraire, t'es avec nous, ma belle, alors si on te dit non, c'est…

— Jusqu'à preuve du contraire, le coupé-je en m'interposant physiquement dans son champ de vision, elle a encore le droit de faire ce qu'elle veut. À moins que tu sois son père, mais j'en doute… Une gueule comme la tienne peut pas avoir engendré une beauté pareille !

Des mouvements agitent le groupe autour de moi. Du coin de l'œil, je discerne des rires silencieux. Parfait. Le mec rumine, ses yeux me fixent, noirs, embrumés par l'alcool et la drogue. Ses mains remontent me pousser le torse, sans réelle vigueur.

— Et t'es qui, toi, pour oser me parler sur ce ton ? me lance-t-il d'un ton mordant en me postillonnant dessus.

Je me prépare à encaisser le premier coup. Les personnes bourrées et vindicatives sont nombreuses au night-club, et Mike gère chaque soir au minimum une vingtaine de bagarres entre ces jeunes coqs enhardis et biturés, souvent provoquées par une fille en plus. Sauf que là… là je suis seul et je ne peux pas compter sur sa carrure intimidante pour désamorcer l'agressivité montante de mon vis-à-vis. Il va m'en coller une, c'est garanti. Je le lis dans ses yeux. Son poing se referme, prémices d'un uppercut rien que pour moi. Je bande mes muscles, prêt à encaisser. Je ne suis pas du genre belliqueux et j'ai toujours évité autant que possible les confrontations. Mais là, c'est mal parti.

Une petite silhouette se place entre nous d'un seul mouvement. Ileyna. Elle nous contemple alternativement, et je devine dans son attitude une nervosité tout juste contenue. Son regard sonde le mien, avec intensité, avant d'étudier l'autre imbécile. À l'expression soudain surprise de ce dernier, je comprends qu'elle lui a parlé.

Elle pivote de nouveau vers moi. Et nous sommes les yeux dans les yeux lorsqu'elle énonce distinctement :

— Mon mec. C'est mon mec.

Il y a comme une lueur d'interrogation au fond des siens. Le souvenir de notre baiser, de nos danses rien qu'à nous, me traverse fugacement. Je lui souris.

— Quoi, t'es sérieuse ? croasse le type.

Elle me sourit en retour lorsque je hoche la tête. Ma main se pose sur son épaule, et je l'attire doucement à moi. C'est avec la certitude absolue de cet instant que je confirme :

— Son mec. Parfaitement.

L'autre en reste bouche bée. Ileyna place sa paume dans le creux de mon dos et se serre contre moi.

Je tourne le regard vers elle.

— Finalement, il vaut mieux qu'on aille finir cette soirée ailleurs. Tu viens ?

Elle acquiesce en silence, souriante, et crochète sa main à la mienne quand je m'écarte du groupe et m'éloigne d'un pas tranquille sur le parking.

Chapitre 8

« Son mec ». Ces deux petits mots me donnent comme des ailes quand je me les répète. Et, même si depuis cette fameuse soirée, exceptionnelle, unique, je n'ai plus de ses nouvelles, mon cœur s'emballe chaque fois que je pense à Ileyna.

L'idée qu'elle ne me revienne pas ne m'effleure pas un instant. À dire vrai, j'ai accepté cette fin de nuit telle qu'elle m'est tombée dessus : avec spontanéité.

Trois jours déjà que je l'ai quittée aux premières heures de l'aube, au bas de mon immeuble, après que nous avons échoué dans un bar à dévorer les premiers croissants de la journée devant un café brûlant.

Je sors de la douche, enfile pull et jean. Mon pauvre placard est presque vide, j'ai besoin de faire quelques courses. Et c'est en listant mentalement ce qu'il me faut que je quitte mon appart'. Cependant, sur le trottoir, je me fige soudain. Ileyna se tient face à moi avec un air un peu timide. Dans une doudoune impeccable, cheveux lâchés, avec un maquillage très léger, si différente en somme de la jeune provocatrice au caractère de feu que je croise au night-club, elle me contemple, un mince sourire aux lèvres.

Sa main quitte la poche de son manteau pour esquisser un bref salut.

— Hello, lancé-je.

J'hésite un moment sur la conduite à adopter. L'embrasser ? L'enlacer ? Il y a une telle volonté d'indépendance dans son attitude que je crains de la brusquer. Du reste, elle s'approche d'elle-même pour se serrer contre moi. Ses mains s'enroulent à ma nuque et attirent mes lèvres vers les siennes.

Je m'en empare, savourant ce contact chargé de promesses. Lorsqu'elle s'écarte, une étincelle brille au fond de ses yeux.

— Ton mec, hein ? murmuré-je contre sa bouche.

Je lis sa réponse dans le regard qu'elle me rend.

— Où tu vas ? questionne-t-elle.

— J'allais remplir mon placard.

Elle hausse un sourcil mais ne commente pas. Au contraire, ses doigts tâtonnent jusqu'à trouver les miens et s'y arriment. Sans un mot de plus, elle m'entraîne dans Paris.

Des moments comme ça, j'en vis plusieurs avec elle. Chacun me surprend un peu plus et me permet de découvrir d'elle une facette inconnue.

Or ce soir, peut-être vingt jours après la nuit où elle m'a appelé « son mec », elle me montre encore un nouveau visage… et il est particulièrement déstabilisant.

— Ileyna…, articulé-je avec patience.

Face à moi, j'ai une boule de nerfs, une furie… une personne indomptable que je ne sais comment gérer. En cause, un quiproquo à propos de mon emploi du temps. Ileyna a débarqué chez moi il y a trois heures, et nous avons passé un moment très câlin, jusqu'à ce que je lui dise que je devais m'en aller travailler.

— Au night-club ? me questionne-t-elle.

Je secoue la tête. Cette semaine, c'est à moi d'assurer les permanences de nuit à l'imprimerie.

— À mon autre travail, réponds-je.

Sa contrariété est visible. Agacée, elle rejette ses cheveux derrière son épaule et croise les bras.

— Je pensais qu'on passerait la soirée ensemble…

— Désolé, je croyais te l'avoir dit.

Je devine à sa moue et à sa posture l'énervement qui monte en elle.

— Tu peux pas annuler ?

— J'ai un contrat, Ileyna. C'est pas comme si ma présence était facultative.

Elle souffle, se lève pour déambuler dans mon studio.

— Ileyna…

— Mais merde ! s'exclame-t-elle en tapant du pied. Et notre soirée alors ?

— On peut reporter…

— Non ! Tu fais chier !

Son cri me fige sur place. Je la contemple, interdit.

— J'ai besoin de ce job, lui rappelé-je.

Elle me toise d'un regard furibond. Et sans ajouter un seul mot, du moins que je puisse saisir, elle attrape sac et manteau, et claque la porte.

Je soupire, me passe la main dans les cheveux. Mes yeux restent braqués sur l'entrée de mon studio.

Sympa, franchement…

Je patiente un moment encore puis, l'heure avançant, quitte mon logement pour mon lieu de travail.

Lorsque je reviens huit heures plus tard, à la fin de la nuit, j'ai la surprise de découvrir une petite silhouette dans ma cage d'escalier. Recroquevillée sur elle-même, Ileyna lève vers moi son regard suppliant à mon approche. Sans un mot, elle se redresse et se précipite dans mes bras.

Je l'accueille d'une étreinte puissante.

— Qu'est-ce que tu fais là ? demandé-je tout bas.

— Je suis désolée, m'explique-t-elle seulement.

Je lui souris, avant de caresser sa joue du pouce.

Mon indomptable furie…

— Viens te réchauffer. Tu es glacée.

Et je l'entraîne jusque chez moi. Dans mon studio, Ileyna soupire, se déleste de son manteau, me contemple intensément. Pour ma part, je m'active à me préparer un en-cas. La fatigue commence à peser, mais je me refuse à la congédier trop vite. Elle est impulsive. Indomptable.

Indomptée.

Je n'ai pas envie d'un nouvel éclat de voix. Je dépose une omelette au fromage et jambon dans une assiette.

— Tu en veux ? proposé-je.

Elle décline mon offre, m'observe engloutir le tout en quelques bouchées. Alors que je débarrasse, elle se lève pour me rejoindre.

— J'ai une autre sorte de faim, dit-elle.

Juste avant de s'emparer de mes lèvres avec avidité.

Je n'oppose nulle résistance à ce baiser, bien au contraire. Ileyna est le genre de femmes à échauffer les sens de tout homme. Sur moi, ça fonctionne plus encore. Mon handicap me tient à l'écart de la majorité des filles de mon âge. Et je la trouve irrésistible. Elle est unique, si différente de toutes ces consommatrices que je vois week-end après week-end au night-club… que je ne peux décemment pas rester insensible.

Je l'entoure de mes bras, la presse contre moi, la repousse vers mon canapé, toute fatigue oubliée.

— Une faim plus… corporelle ? suggéré-je en me glissant sous son pull.

— Parfaitement.

Sa main vient de frôler mon membre. Et, même au travers de mon jean, la sensation est perceptible… et l'effet, immédiat. Avec toute l'impulsivité de mes dix-neuf ans, je l'étends sur le canapé et pars à la découverte de son corps.

Une peau satinée, réactive, douce sous mes caresses. Une bouche gourmande, réclamant mes baisers avec insistance. Un ventre plat, des seins menus et fermes, des cuisses qui ne demandent qu'à être effleurées…

Dénudée, Ileyna est de toute beauté. Ses yeux si perturbants se rivent aux miens, et je sens mon cœur s'emballer lorsque ses mains s'activent à me dévêtir. Elle s'attarde à suivre les contours de mes pectoraux, frôle ma cicatrice, second vestige de l'instant où j'ai tout perdu, avant de s'orienter vers mon boxer.

Ses doigts glissent sur l'élastique, le repoussent, le ramènent jusqu'à mes chevilles, avant de remonter le long de ma jambe… jusqu'à me toucher du doigt.

J'en palpite de plaisir, me tendant un peu plus tant j'ai envie d'elle.

— Iley…

Un râle m'échappe lorsqu'elle enroule la main autour de mon sexe, et débute une lente et affolante caresse. Je frémis, me noie dans ses yeux, me perds contre sa bouche et son corps.

— Ley…

Lorsqu'elle retire son string sous mon regard fiévreux, je bous littéralement. Elle m'a allumé comme jamais, a éveillé mes sens, suggéré mille et un plaisirs… que je brûle désormais d'explorer.

Elle déniche dans son sac une capote, dont elle me gaine avec dextérité.

Ma main court sur sa peau, glisse entre ses cuisses, lui arrache un petit soupir. J'ai introduit un doigt en elle, une caresse à laquelle elle ne s'oppose clairement pas.

Son bassin se relève, elle m'encourage à continuer, et je ne me fais pas prier.

Quelques moments encore d'éternité, où j'affole son intimité de lents mouvements circulaires, l'amenant au bord d'un précipice qui rend sa respiration haletante… Elle m'attire contre elle, sur elle. Je m'appuie sur elle, et elle écarte les jambes avant de les refermer autour de moi. Un petit sourire étire ses lèvres, elle resserre sa prise et me pousse en elle.

Elle m'accueille en se cambrant, la tête rejetée en arrière. Moi, je m'enfonce en elle, prêt à exploser. Je m'écarte, la réinvestis d'un coup de reins, pleinement, totalement.

Les jambes à présent ouvertes, le bassin relevé, se tenant sur les coudes, Ileyna ondule, me poursuit lorsque je me retire, se recule lorsque je la pénètre, jouant des sensations, des perceptions, s'amusant à être prise en totalité, ou juste effleurée. D'un mouvement de hanches, elle se redresse, se pend à mon cou pour m'embrasser, puis se laisse remonter et s'empale sur moi, désormais à toute allure.

De façon frénétique.

J'enserre sa taille, l'accompagnant vers la jouissance. Quand elle se fige enfin, haletante, son regard presque troublé rivé au mien, traversée d'un plaisir qui lui vrille le ventre et me presse le sexe de partout, j'ose quelques puissants va-et-vient. Ma propre jouissance survient alors d'un coup, me prenant par surprise, et je finis par m'écrouler, en l'attirant sur moi.

— Ley. Ley…

Le temps de l'enlacer, d'attraper la couverture pour nous en recouvrir, nous plongeons dans le sommeil, membres mêlés.

Chapitre 9

Oh oui, on peut dire que ma vie n'a plus rien à voir avec celle que j'avais avant. Ileyna, en y entrant, a bousculé mes codes et mes habitudes. Du garçon taciturne et solitaire, plus une trace. À la place, des sorties, des rencontres, des fous rires, de l'amour… explosif. L'amour puissant, brûlant, passionné, presque sauvage.

Cette relation ne ressemble pas du tout aux quelques autres que j'ai pu vivre auparavant. Déjà, parce que Ileyna ne tient nul compte de mon handicap. Là où d'autres n'auraient rien osé, elle m'entraîne au ciné voir des films en VOST. Même sans la musique, je savoure au maximum ces moments typiques des relations amoureuses et des sorties en couple. Ensuite, elle n'hésite pas à m'inclure parmi ses autres fréquentations. Je suis ravi de rencontrer ses amis d'enfance, notamment Soleyne, une jeune femme frivole et légère, enjouée, ainsi que Wolf, qui, renfermé et taciturne, est presque aussi muet que je suis sourd. Par contre, j'éprouve une réticence à me frotter à la bande avec qui elle partageait nombre de nuits jusque récemment.

En cause, ces deux lourdauds à qui j'ai déjà eu affaire au night-club, leur regard véritablement possessif sur Ileyna et leur tendance à la considérer comme un morceau de viande sur pattes, soumis et disponible pour leurs désirs primaires. Je me rends compte que certaines substances circulent entre eux dès le premier soir. Une bouteille passe d'une main à l'autre, et Ileyna en ingurgite une bonne dose.

Quelques dizaines de minutes plus tard, les deux mecs la pelotent carrément, à la limite de se branler en public…

Je suis jeune, mais la vie m'a appris à ne pas être stupide ; pour ma part, je refuse d'en avaler. Et, lorsqu'un gars commence à ouvrir son jean pour se frotter à elle, mon sang ne fait qu'un tour.

Je me lève, saisis la main d'Ileyna et l'entraîne hors de la ruelle où ils ont établi leurs quartiers ce soir-là. Ses protestations résonnent sans doute, mais je lui tourne volontairement le dos. Ma poigne ne lui laisse pas d'autre choix que de me suivre jusqu'à la grande artère touristique adjacente, et de là jusque dans le premier taxi que je trouve. J'articule mon adresse au chauffeur, inventant un bobard monumental sur Ileyna pour justifier que je la retiens près de moi.

Le conducteur, du reste indifférent, nous dépose trente minutes plus tard, me délestant d'une somme conséquente. Entre-temps, Ileyna a plongé dans une sorte de léthargie dont elle émerge au contact de l'air vif de cette fin février.

Malgré un cri et des mots désordonnés, je la garde contre moi. L'oblige à grimper les marches, à entrer chez moi, ignorant son agitation et les coups qu'elle tente de me donner. Une véritable furie ! À bout, en sueur, je la balance dans ma minuscule cabine de douche. J'actionne l'eau froide et dirige le jet sur elle, excédé. Sa réaction me poignarde le cœur. Tant pis.

Le temps de l'asperger copieusement, j'arrête l'eau et l'abandonne, sanglotante et recroquevillée dans l'angle.

Je gagne mon canapé, m'y affale, vidé. Et sans doute que je ferme les yeux et m'endors quelques instants car, lorsque je relève la tête, Ileyna se tient devant moi. Enroulée dans une serviette de bain, elle tourne vers moi un visage livide, troublant. Mon cœur se serre de la voir dans cet état.

Elle articule un faible « pardon » avec les mains. Mes résistances s'effondrent sur-le-champ. Je lui ouvre les bras, et elle s'y blottit avec empressement, sanglotant encore silencieusement. Je la laisse s'apaiser et ne sombre dans le sommeil qu'une fois certain qu'elle s'est assoupie.

Les habitudes ont, paraît-il, la vie dure. Je ne mets pas longtemps à m'en apercevoir concernant Ileyna.

Si désormais elle passe le plus souvent ses nuits avec moi, je subodore que lors de mes permanences nocturnes au taf elle file les rejoindre. Ses traits tirés, sa pâleur les jours suivants sont autant d'indices qui sèment le doute dans mon esprit. Le jour où je m'en ouvre à elle, elle claque ma porte, une nouvelle fois.

Avec de la colère et de l'emportement, cette relation si magnifique à ses débuts me semble promise à une fin prématurée. Mais toujours, elle me revient, tour à tour tendre, câline, féline, impétueuse… indomptable…, et systématiquement je lui rouvre l'accès de mon cœur et de ma vie.

Trois mois s'égrènent ainsi, jusqu'à ce qu'un matin où je suis rentré exténué de mon taf nocturne on fasse violemment vibrer ma porte.

Pour être averti d'un visiteur, j'ai conçu un système de cordes reliées à la poignée, qui provoque le mouvement d'un balancier en bois à côté de l'entrée. Vu la grandeur de mon studio, difficile de passer à côté, même rompu de fatigue.

Tout juste écroulé sur mon canapé, j'hésite un moment à laisser courir, mais l'insistance du visiteur finit par me décider à bouger. Maugréant, je vais ouvrir… et reçois Ileyna dans les bras, tel un paquet de chiffons trempés.

Hagarde, elle tente de se relever, trébuche, retombe. Je m'agenouille à ses côtés, lui redresse la tête doucement.

— Ileyna.

Ses yeux trouvent les miens et s'y arriment. Pupilles dilatées, front en sueur. Je recule d'un pas, horrifié. Tout bascule dans mon esprit, et j'en oublie ces derniers mois avec elle. Une seule évidence m'habite alors, une seule constatation… Elle m'horrifie.

— Niels, balbutie-t-elle.

— T'es shootée ?

Elle se fige face à ma question. Elle rit, tourne la tête, revient à moi.

— Réponds ! exigé-je. Tu t'es shootée ?

— Ça fait quoi ? lance-t-elle. C'est juste pour le fun, et…

— Dehors !

Je me redresse d'un bond, recule tout aussi vite. Un frisson glacé dévale mon dos. Je n'arrive plus à réfléchir. Une seule chose dans mon esprit efface tout le reste : elle s'est droguée !

Depuis le sol, elle me contemple, abasourdie. Elle ne comprend pas – ne peut pas comprendre, c'est vrai – mais, sur le moment, cela m'est totalement égal. Une colère phénoménale, froide, dure, s'est emparée de moi.

— Quoi ?

— Dehors !

— Niels…

— HORS DE CHEZ MOI !

J'ai dû hurler, car elle sursaute… mais ne se décide pas pour autant à bouger. Une rage sans nom m'envahit. Je lui saisis le poignet et la remets sur ses pieds.

— C'est pour s'amuser, répète-t-elle face à mes tentatives pour la ramener jusqu'au palier.

— Ah ouais ?

Je bous littéralement et m'arrête pour lui faire face. Ce qu'elle voit doit sans doute l'effrayer, car elle recule elle-même d'un pas.

— Alors, va t'amuser loin de moi !

— Mais…

— Tu vois, asséné-je en tremblant, j'imagine que tous les drogués disent qu'ils font ça pour le fun. L'ordure qui a percuté la voiture de mes parents et les a tués, eux et mon frère, a dû se dire la même chose quand il a sniffé son rail de coke !

Je hurle, j'en suis certain.

— Il a dû se dire que c'était pour s'amuser, et ça ne l'a même pas effleuré qu'il était pas dans son état normal lorsqu'il a pris sa caisse et les a TUÉS ! Et qu'il m'a rendu sourd par la même occasion !

Ileyna est d'une pâleur effrayante et semble se ramasser sur elle-même sous le poids de mes paroles.

— Alors tu comprendras que je te demande d'aller T'AMUSER à ce genre de jeu SANS MOI !

Je la repousse d'un geste plus qu'énervé et, sans chercher à savoir si elle me répond ou pas, je referme la porte d'un claquement sec.

Je retourne m'écrouler sur mon canapé, excédé, en nage et les larmes aux yeux.

Ce n'est qu'à mon réveil que je prends conscience de ce qui s'est passé. Ileyna s'est droguée. Je l'ai jetée dehors.

— Et merde !

Sur le coup, je veux aller la retrouver, lui expliquer. Puis je me fais violence. La drogue a détruit mon existence une première fois. Les séquelles me marqueront à vie. Hors de question de laisser ce poison entrer dans mon existence une seconde fois. Tout mon amour pour elle n'y suffira pas.

Résigné, je file m'abrutir sous une douche aussi chaude que la vétusté de l'immeuble le permet, persuadé d'avoir perdu une chose magnifique dans ma vie à cause de cette atrocité… Une fois de plus.

Plus de dix semaines s'écoulent dans la solitude la plus totale. J'ai repris mes habitudes monotones. Je n'ai pas une fois aperçu Ileyna au night-club, pas plus que ses potes douteux.

Pas de courrier, personne pour frapper à ma porte. Comme avant. À la différence près que j'ai ma mallette. Et que les quelques tours tentés face à Ileyna m'ont donné une soif monumentale de continuer. J'occupe ainsi tout mon temps libre à manipuler, dissimuler, tourner, cacher ou faire apparaître mes accessoires de magie. Et je dois avouer… que j'adore ça !

Puis un soir, alors que je rentre du boulot, un étrange pressentiment m'immobilise à trois pas de la porte de mon immeuble. J'inspire et, dans la moiteur de ce mois d'août, je pivote lentement sur moi-même.

À une dizaine de mètres de moi, deux personnes côte à côte me fixent sans un mot. Le regard clair, presque transparent, de l'une d'elles me percute cœur et âme confondus.

Ileyna.

Wolf l'accompagne. Vêtue d'une robe légère resserrée sous la poitrine, Ileyna s'avance de quelques pas. Ses mains crispées sur sa taille laminent mon self-control. Je meurs d'envie d'aller l'étreindre. De l'embrasser. De la soustraire aux regards de tous pour la renverser sur mon canapé. Mais je n'en fais rien. Je ne bouge pas d'un pouce, non. Je me contente de la fixer.

Et, lorsque ses mains se lancent dans une chorégraphie que je suis le seul à pouvoir comprendre, hormis elle, mon cœur manque un battement.

— Niels, me disent ses gestes, je suis désolée. Je suis réellement désolée.

Sa phrase est formulée avec application. Je reviens à ses yeux, troublé, perdu… Un espoir sans nom m'habite, que je jugule avec violence. Wolf s'avance jusqu'à moi. Son mouvement fait éclater la bulle dans laquelle nous étions plongés.

— Niels, annonce-t-il en se plaçant dans mon champ de vision. Ileyna voudrait te parler. Elle craint que tu refuses de l'écouter, et…

Il me semble déceler un reproche soigneusement camouflé dans son regard.

Je l'interromps d'un geste, me décale pour faire face à

mon indomptée, puis hoche la tête sans un mot. Nerveuse, elle nous rejoint.

— J'ai arrêté, m'annonce-t-elle, les yeux fuyants. Ça a été dur, mais… j'ai arrêté. J'ai tout arrêté.

La main de Wolf sur mon épaule m'oblige à pivoter vers lui.

— Je l'ai soutenue durant son sevrage, m'explique-t-il.

La satisfaction sur ses traits me déplaît. Je garde cependant mes pensées pour moi.

— Elle a beaucoup souffert, continue-t-il. Mais je peux t'assurer qu'elle n'a rien pris depuis plus de six semaines. Pas même une cigarette. Elle est clean.

La main d'Ileyna se pose sur mon bras. Ce contact provoque un frisson à la fois douloureux et incroyablement agréable dans tout mon être.

— Et je n'en reprendrai plus, ajoute-t-elle vivement. J'ai entendu ce que tu m'as dit et…

— Jamais, lâché-je enfin. Un salaud d'alcoolique drogué a bousillé mon existence ! Il a brisé ma vie en tuant ma famille !

Je plonge dans ses yeux, implacable.

— Jamais, tu as compris ? Je ne veux plus JAMAIS que tu y retouches !

— Je te le jure.

Chapitre 10

De nouveau, Ileyna fait partie de ma vie. Et, si au départ j'ai eu quelques réticences – non, quelques craintes – vis-à-vis de son comportement, elle a su au fil des semaines regagner ma confiance.

Aucun alcool, aucune sortie nocturne louche, aucune drogue d'aucune sorte. À mesure que le temps passe, je prends plaisir à redécouvrir une compagne aimante, spontanée et désirable. Certes, son caractère explosif n'est jamais loin, mais il fait partie d'elle au même titre qu'on ne peut me dissocier de ma surdité. Je m'en accommode. Et, peu à peu, une routine s'installe. L'automne arrive, et nos semaines se rythment entre ses cours et mon travail, des soirées folles en amoureux ou des sorties tranquilles avec ses amis.

J'expérimente quelques timides tours de magie, elle m'encourage à progresser, s'extasie de mes réussites, s'émerveille de mes innovations. J'en viens à noter sur un carnet différentes idées pour les lui soumettre dès que nous nous retrouvons. Avec nos ajouts à tous les deux, le cahier prend rapidement de l'ampleur. Je m'en réjouis.

Puis un jour, sans prévenir, elle me montre son engagement dans notre relation d'une nouvelle manière pour le moins… étonnante.

— Niels, dit-elle en s'installant à mes côtés.

Absorbé par un exercice de dextérité avec les cartes, je ne lui accorde pas immédiatement mon attention.

— Niels, insiste-t-elle en posant la main sur mon bras.

Son geste à elle. Rien qu'à elle. Je délaisse la magie pour la contempler.

— J'ai quelque chose à te demander.

— Oui. Dis-moi.

Elle prend le temps de trouver ses mots. Et c'est très sérieusement qu'elle finit par déclarer :

— Mes parents souhaitent te rencontrer.

Nous nous fréquentons depuis plus de six mois lorsqu'elle me rejoint chez moi ce soir-là. Nerveuse, tendue, presque muette. Elle m'a acheté une chemise pour l'occasion, et ses doigts ne cessent de se tordre. Nous faisons le trajet en métro, et plus d'une fois il me semble qu'elle va se lever et s'enfuir en courant. Je l'entoure de mon bras, l'attire à moi. Elle se cale dans le creux de mon épaule et pousse un long soupir. Je sens son corps se vider de son air. L'instant suivant, sa main s'agrippe à la mienne. Je ne la lâche plus jusqu'à notre destination.

Quand nous pénétrons dans un restaurant luxueux des Champs, Ileyna est tendue à se briser. En cet instant, je crois que tout mon amour et ma présence ne suffiraient pas à l'apaiser. Un serveur guindé nous escorte jusqu'à une table mise pour quatre, où un couple de quadragénaires est déjà installé. Tous deux se lèvent de concert à notre arrivée.

Je les observe rapidement : la peau sombre comme celle d'Ileyna, des habits griffés, preuve d'une aisance financière conséquente. Je retrouve les traits d'Ileyna dans ceux de la femme, et ses yeux dans ceux de l'homme. Ses parents. Sans doute Ileyna leur parle-t-elle, car ils tournent leur attention sur elle, avant de nous inviter à prendre place sur les deux sièges vacants d'un geste poli.

— Niels, articule le père d'Ileyna en m'observant d'emblée avec un regard pénétrant et hautement déstabilisant.

C'est à mon tour d'être crispé et gêné. Je hoche la tête. Ileyna pose la main sur la mienne.

— Ils sont au courant, dit-elle du bout des lèvres.

Puis elle signe le prénom de chacun. Isabel. Feliciano. Je les salue, intimidé.

— Niels, répète le père d'Ileyna quand je le scrute de nouveau. Nous sommes heureux de te rencontrer enfin.

— Moi de même.

Toute ma concentration se focalise sur ma diction. Je refuse de bégayer ou de mal articuler.

— Notre fille a été réticente à nous parler du jeune homme qui la garde loin de nous, mais elle a fini par nous lâcher quelques informations. Je t'avoue que nous avons été très surpris.

— Allons, Feliciano ! s'exclame son épouse, tu effrayes notre invité !

Elle n'a pas tort. Une telle déclaration peut signifier tout et son contraire.

— Ne prends pas mal ce que dit mon mari, s'empresse-t-elle d'ajouter. Il est parfois bourru, mais n'a pas de mauvaises intentions.

— Pourquoi prendrait-il mal ce que j'ai dit ? s'offusque le père d'Ileyna.

Je réprime à grand-peine un sourire. Cette scène m'est quelque peu familière. Presque… trop familière. Je fais taire mes souvenirs avant qu'ils se ternissent au contact de la nostalgie et du manque.

— Vous avez bientôt fini ! s'emporte Ileyna.

Je la sens moins crispée, mais quelque peu agacée. Sa poitrine se soulève au rythme du soupir qu'elle pousse, et elle m'adresse un regard appuyé : celui de la fille trop aimée qui fait mine de ne plus supporter ses parents adorés. Je ne suis cependant pas dupe. L'amour entre ces trois-là est presque palpable.

— Ce que ton père veut dire, reprend Isabel Marquez, c'est que nous avions hâte de le rencontrer.

Elle tourne ses yeux sombres vers moi, chaleureuse et

avenante. Et c'est en se penchant inconsciemment vers moi qu'elle ajoute :

— Un garçon qui réussit à assagir à ce point notre fille et à la ramener vers le chemin de ses études méritait qu'on fasse sa connaissance.

J'en reste muet de surprise, avant d'esquisser un sourire gêné.

— Je… Merci, mais…

Isabel balaye ma réponse d'un geste de la main et oriente la conversation sur tout un tas de sujets variés. Un serveur apporte la carte et, devant mon hésitation perceptible, Feliciano vient à mon secours en se faisant mon complice d'un choix délicat. Le dîner se passe sans réel encombre. Lorsque ces dames s'excusent pour aller se repoudrer le nez, le père d'Ileyna tourne ses yeux clairs vers moi. Toute trace de bonhomie a disparu de ses traits.

— Ileyna a totalement changé depuis qu'elle te connaît, mon garçon, déclare-t-il d'emblée.

Si je n'entends pas son ton, je l'imagine sans souci sérieux et grave.

— En bien, s'empresse-t-il d'ajouter comme je m'agite, mal à l'aise. Je ne sais pas ce qu'il y a entre vous deux, mais elle semble s'être rangée. Elle s'emporte moins, elle est plus posée et elle a repris ses cours avec assiduité.

— Je… Je n'ai rien fait, monsieur.

— Feliciano. Les « monsieur », c'est réservé à mes employés !

J'acquiesce du menton.

— Qui que tu sois, poursuit-il encore, tu lui fais du bien et ça, ça n'a pas de prix pour sa mère et moi !

— Je tiens à elle, c'est tout, expliqué-je un peu maladroitement.

— Eh bien, continue !

Il part d'un éclat de rire qui plisse ses yeux et le rajeunit sur-le-champ.

Au retour d'Ileyna et de sa mère, Feliciano en est à me questionner sur ma situation. Ma petite amie est restée discrète sur mon double emploi et mes conditions financières et sociales, mais je me montre franc et ne cache rien. Ils y sont attentifs, mais ne commentent rien et approuvent que je tente au mieux de subvenir à mes besoins malgré mon handicap.

Lorsque nous nous séparons et que je rentre seul, car Ileyna est repartie avec ses parents, je me sens un peu grandi – presque… homme.

Puis il y a cet autre repas, avec Soleyne et Wolf, où mon existence bascule pour de bon, de nouveau comme ça, sans que je m'y attende. Nous dînons ensemble dans un petit restaurant parisien lorsque Ileyna pose la main sur la mienne. Je lève les yeux vers elle. Un sourire étire ses lèvres, et elle déclare tranquillement :

— Niels s'initie à la magie, il est doué, il apprend vite.

Je suis effaré, mais elle ne s'en préoccupe pas. Certes, je pousse de plus en plus l'exploration de ma mallette et cherche les moyens de m'améliorer dans ce domaine. Ileyna m'assiste, me répétant les tutos Internet lorsqu'il n'y a ni sous-titres ni visage humain à l'écran. Elle m'observe, se soumet à mes expériences, rit de mes erreurs, applaudit de mes minces réussites. Je suis loin d'égaler Tom, mais je persiste, en souvenir de lui. Elle l'a deviné, à mon avis, bien que ne m'ayant jamais interrogé à ce sujet.

Mais de là à balancer ça ainsi à ses amis…

Son regard se fait insistant, dirigé sur Wolf. Proche de la trentaine, des cheveux sombres, des traits latinos, des yeux noirs, un charisme de séducteur… Il est le plus âgé de notre tablée, le plus renfermé aussi. Il me scrute, comme s'il cherchait à m'évaluer, ou réfléchissait à ce qu'il peut me dire… ou pas. Il soupire et secoue la tête.

— Wolf…, insiste Ileyna, un sourcil haussé.

— Tu ne lâcheras pas, répond-il.

Elle approuve, mutine, et pivote vers moi. Une lueur brille au fond de ses yeux déroutants.

— Wolf est un magicien, m'apprend-elle.

Je me tourne vers lui, silencieux. Avec un geste de reddition, il lève la main de sous la table, se saisit de la salière et la fait disparaître d'un mouvement du poignet. L'instant suivant, elle réapparaît dans son autre main. J'en suis sidéré. Je repasse dans ma tête tout ce que je sais de lui depuis que je le côtoie. Rien ne m'a seulement laissé percevoir qu'il puisse pratiquer la magie, absolument rien.

— Illusionniste professionnel, rectifie-t-il en déposant la salière face à moi.

Deux petits mots qui vont changer mon existence.

— OK, miss, ajoute-t-il pour ma copine. Tu as gagné.

Soleyne nous observe sans mot dire. Wolf a un long regard pour moi, puis se lance :

— Ileyna m'a parlé de ta passion pour le monde de la magie. En fait, ça fait des mois qu'elle me soûle avec ça. Je peux t'apprendre, si ça te tente. Mais, je te préviens, il faut de la rigueur, de la patience, et beaucoup, beaucoup d'essais ratés avant de pouvoir prétendre être un illusionniste chevronné.

Je ne réponds pas immédiatement.

— La magie…, finis-je par dire. Ce n'est qu'un souvenir, et…

— Niels, intervient doucement Ileyna. C'est bien plus que cela…

J'acquiesce du menton, et tout débute à ce moment-là.

Voilà. Vous savez tout de nous, dans les grandes lignes. Alors maintenant, dites-moi : dans ce couloir d'hôpital, face à mon presque beau-père qui m'annonce avec son calme trompeur que sa fille a perdu neuf années de souvenirs… moi inclus… et qui me demande si ça va aller… Vous répondriez quoi, hein ?

Chapitre 11

2019

— Pas comme ça !

Des mots scandés par trois mouvements répétitifs de la main – sa manière de m'indiquer son exaspération. Je retiens un soupir, repose le tube en trompe-l'œil et m'écarte de la table. De l'autre côté, Wolf inspire par le nez, contenant son agacement. D'ordinaire, je ferais un effort – après tout, je suis son assistant depuis plus de cinq ans maintenant. Mais là… Là je me contrefous de ses sautes d'humeur.

Je hausse une épaule, recule encore sur la scène et vais m'asseoir plus loin. Le visage niché dans les mains, je me ferme à tout ce qui m'entoure. Noir… et silence total pour me retrouver seul avec mes pensées.

Et toutes tournent en boucle autour d'une unique chose : Ileyna. I-ley-na.

Son regard empli d'incompréhension me hante. Les mots formés par ses lèvres restent imprimés sur ma rétine. Son mouvement de recul à mon approche me blesse encore, même à présent.

Ils me font mal. J'ai mal.

Ileyna.

Ileyna. Je ferme plus fort les paupières. Je refoule de toutes mes forces ce regard presque apeuré, empli de questions qu'elle a eues pour moi quand je l'ai rejointe à l'hôpital. Comment peut-on oublier neuf années de sa vie, bordel ? Comment peut-on oublier l'être avec qui on a vécu aussi longtemps ? Vous pouvez me l'expliquer, ça ?

Une boule se forme dans ma gorge. Je souffre. Mes poings se serrent, je suis à cran. J'ai envie de démolir quelque chose. De briser ce mur qui s'est instauré entre elle et moi.

Une main se pose sur mon épaule. Je ne réagis pas. Je ne le veux pas. Rouvrir les yeux, c'est faire face à la réalité. Et je m'y refuse. Les paupières closes, je peux encore imaginer qu'elle m'attend à la maison, tout sourires. Mais si je les rouvre…

La pression s'accentue sur mon épaule. J'inspire, bloque l'air dans mes poumons. J'ai envie d'exploser. Je consens finalement à redresser la tête. Face à moi, mon mentor me considère, peiné. Il esquisse un petit sourire triste, et sa main quitte mon épaule après une dernière pression amicale.

— Viens, dit-il. On a encore du boulot.

Son attitude se veut douce, cependant je devine que je n'ai pas le choix. Wolf est un être ambivalent à plus d'un titre. S'il a accepté de me former après avoir cédé à la demande d'Ileyna, il s'est toujours montré plutôt distant et exigeant. Limite impersonnel. Je n'ai jamais pu percer sa carapace au fil des années à ses côtés.

Grâce à lui, j'ai réussi à transformer mon objectif illusoire de jeune adulte en réalité. Des années sous sa coupe à apprendre à manipuler et à m'exercer à des tours, des jeux de passe-passe et des réalisations dont jamais auparavant je n'aurais soupçonné l'existence.

Mais chut, on aborde des secrets réservés aux initiés, là. Des trucs de magicien, quoi.

Wolf m'a permis de devenir celui que je n'imaginais même pas être, de me hisser au niveau de Tom, et plus encore, à un niveau professionnel. Il m'a aidé à donner un sens profond à ma vie. L'époque de ma petite mallette amateur est loin et révolue, la magie qu'il m'a apprise n'a strictement rien à voir avec tout cela.

Pour autant, son caractère distant, presque dur, autoritaire et insensible, fait que je ne l'ai jamais considéré autrement que comme un professeur et un patron. Même avant qu'Ileyna lui parle de mes envies, même avant qu'il accepte de me prendre comme apprenti, il se comportait déjà ainsi. Pas étonnant que je n'aie jamais vraiment sympathisé avec lui. Cordialité et boulot, sans plus…

Comme Wolf se plaît à le dire, l'illusion, avec lui, c'est grandeur nature, effets spéciaux, jeux de lumière et accessoires de haut niveau. Une éternité de répétitions pour un résultat optimal. Il m'a ouvert les portes d'un monde que je ne soupçonnais pas, m'a enseigné l'art de tromper l'attention, de jouer des zones d'ombre, des apparences.

Entre ses mains, chaque objet devient potentiellement évanescent. Quelques modifications, une mise en lumière particulière, et on plonge dans un autre univers : celui du faire semblant.

Avec ses cheveux bruns, presque noirs, son profil andalou, la mèche tombante sur son front, sa barbe faussement négligée et cette apparence débonnaire soigneusement travaillée… Son allure, comme sa technique, est étudiée. Wolf ne laisse rien au hasard. Il s'est créé un personnage qui en impose, qui intrigue, qui séduit. Il le peaufine jour après jour.

Et ça marche. Son nom commence à être connu dans le milieu, ses représentations recherchées. Depuis que je suis entré sous sa férule, j'ai vu le nombre de spectateurs augmenter régulièrement, les articles de presse se multiplier, les salles grandir en volume… et son show évoluer. On est passés en quelques années d'une revue suscitant l'émerveillement presque enfantin à un truc rodé, calibré, presque figé, où l'improvisation n'a plus lieu d'être. Et je le confesse : si j'adorais les premiers temps de ces tableaux simples et spontanés, l'aspect soigné et poli, millimétré du dernier spectacle que nous préparons me laisse presque froid.

Mon maître recule sur la scène, une main tendue vers moi. Je n'ai pas le choix, je le sais. Dans un soupir, je me relève. Les projecteurs sont allumés, ils éclairent indifféremment les gradins et la zone de jeu. La salle est vaste, une fois de plus… Et ça me fait toujours étrange de me trouver là, face à ces sièges encore vides, qui s'étalent devant moi. Une douce chaleur baigne l'endroit – merci, l'éclairage ! Un peu partout, soigneusement disposés, les accessoires. La trappe du sol est entrouverte sur le côté, refuge parfait pour les disparitions et réapparitions inopinées. Elle livre l'accès à la machinerie du dessous et permet d'atteindre les coulisses ou la fosse en un clin d'œil.

Wolf s'arrête près de la table – un énième truc trafiqué – et reprend le tube creux que j'avais en main dix minutes auparavant. Il me le tend.

— Essaye encore ! m'ordonne-t-il.

Je décline.

— Je n'ai pas la tête à ça, Wolf.

Je devine l'exaspération qui le gagne. Exigeant, le patron, je vous l'ai dit, et encore davantage. Il n'a de cesse de me pousser dans mes retranchements, de m'amener à la perfection par une assiduité constante à me faire recommencer, encore et encore… parfois jusqu'à ce que je n'en puisse plus et que j'aie envie de hurler. Certes, j'ai atteint des hauteurs en matière de doigté, de manipulation, j'ai progressé comme un fou et, sans me vanter, j'ai un très bon niveau… mais ça ne justifie pas tout.

— Si tu veux lancer ton propre show…, déclare-t-il.

Je l'interromps d'un geste.

— Il n'y a pas de « si », Wolf. Ça fait deux ans que je fais l'ouverture de tes spectacles, on était d'accord !

— Pas avec ton état d'esprit actuel.

— Mais merde ! explosé-je.

— Niels…

— Stop, je t'ai dit ! Stop !

Je pense avoir hurlé. Et suffisamment fort pour que la régie nous entende. Peu importe. Je craque.

Je frappe d'un mouvement rageur le tube qu'il me tend toujours. Je ne m'arrête pas pour le regarder chuter au sol et rouler vers la trappe. Je tourne le dos à tout ça : la salle, la scène, les illusions, la répétition. Tout !

Je quitte la piste et m'enfonce dans les coulisses. Un espace de stockage caché aux gradins par des draperies noires, un escalier de quatre marches, un petit couloir obscur. Je rejoins les loges, pénètre dans celle où Wolf entasse son matériel et referme sur moi. Furieux, je cogne une malle, avant de m'effondrer dessus.

La colère et la tristesse se mélangent en moi et menacent de me faire imploser. Je souffle rageusement. Le regard perdu d'Ileyna tourne en boucle dans ma tête. Il supplante tout le reste. La porte se rouvre.

La haute silhouette de Wolf franchit le seuil de la pièce. Il se campe devant moi, bras croisés. Sur le moment, j'ai envie de le maudire. Il va me sermonner. Me dire de prendre sur moi. De bosser !

Mais merde ! Ma fiancée a eu un accident, elle a perdu la mémoire – elle m'a oublié. N'importe qui péterait un câble face à une telle situation !

Mais lui ? Bien sûr que non ! Wolf est trop parfait pour ça, trop professionnel, trop impliqué dans son boulot pour laisser de pareils sentiments prendre le pas sur sa technique et sa maîtrise !

Le regard que je lui lance se fait le reflet de mes pensées, mais cela ne l'émeut pas, loin de là. Il s'approche, s'accroupit et m'observe froidement. Certain d'avoir mon attention, il articule avec le plus grand soin :

— OK, tu as eu une dure semaine, je comprends. Rentre te reposer. On reprend tout ça demain.

J'écarquille les yeux de surprise. Là, il me scie. Je ne m'attendais pas à ce genre de… sollicitude de sa part. Un sourire un peu ironique étire ses lèvres.

— Quoi ? ajoute-t-il. Tu penses que ça ne m'atteint pas ce qui lui est arrivé ? C'est mon amie, je te le rappelle ! Rentre chez toi.

Puis il me quitte sur ces mots. Je secoue la tête, la

laisse retomber en arrière sur le mur, avant de me décider à obtempérer.

« Rentre chez toi. »

Facile à dire, tiens…

Une semaine que je fais tout pour éviter d'être à la maison. Une semaine que je n'y mets les pieds que pour manger et dormir – et encore. Wolf ignore tout des trois nuits que j'ai passées dans le local de la salle de spectacle… Il y a là-bas un lit de camp rudimentaire mais suffisant, qui m'a accueilli quand je n'en pouvais plus de tourner en rond dans mon salon, seul. Sans elle.

Je pousse la porte de notre appart'. Deux chambres, un salon, une cuisine américaine, une salle de bains avec douche à l'italienne. Pas le grand luxe, mais lorsqu'on le compare au studio miteux où je vivais quand j'ai débarqué à Paris…

À peine entré, j'ai déjà envie de m'en aller. Le vide de son absence me semble insoutenable. Et ce ne sont pas les photos qu'elle a posées un peu partout qui m'aideront.

Je balance le courrier sur la table du salon, jette mes chaussures à la sauvage et mon blouson sur le canapé. Direction la douche, en évitant de regarder où que ce soit.

Le jet d'eau me martèle le corps comme un beau diable, mais cette douleur me fait du bien quelque part. Je me laisse envahir par la torpeur insidieuse de la chaleur pour tout oublier. Oublier qu'elle est encore dans cette chambre d'hôpital, seule, sous surveillance. Oublier que lorsque j'ai voulu aller la voir, hier, Feliciano a secoué la tête et m'a enjoint de repasser plus tard. Oublier la tristesse qui chaque jour grandit un peu plus quand je constate que ma vie se disperse en petits morceaux.

Lorsque je coupe l'eau, assommé de fatigue et de lassitude, je ne peux résister à l'envie de m'écrouler dans notre lit. J'échoue sur le matelas, nu, les bras étendus en croix, le regard au plafond. Mon esprit se délite, s'envole. Il remonte le temps, les mois, les années.

Là, Ileyna rit, de la peinture éparpillée dans les cheveux, alors que nous peignons le mur de la salle à manger à nos couleurs. Une autre fois, elle se blottit contre moi, fiévreuse, atteinte d'une vilaine bronchite au cours d'un hiver plutôt rigoureux. Là encore, elle me contemple, sagement assise pendant que je lui dévoile mon dernier tour de magie. Ses yeux brillent, elle applaudit. À un autre moment, ils lancent des éclairs tandis que nous nous disputons. Un désaccord dont j'ai oublié l'origine, mais qui l'avait conduite à quitter notre appart' pour sa chambre chez ses parents durant deux jours… avant que j'aille la retrouver, la serrer contre moi. En une autre occasion, je la découvre se déhanchant dans la cuisine tout en préparant le dîner. Je l'avais contemplée un moment, puis l'avais rejointe pour l'enlacer et me mouler à elle. Imbriqués l'un contre l'autre, nous avions dansé, elle, portée par la musique, moi par ses mouvements, jusqu'à ce qu'elle se retourne pour m'embrasser fougueusement. Je l'avais soulevée pour la déposer sur la table et lui faire l'amour de manière torride, presque explosive. Comme toujours. Ensuite, sa main se place sur la mienne, en ce geste désormais si familier, pour attirer mon attention. Je relève les yeux vers elle, dévore son sourire du regard, ses lèvres avec les miennes…

Le plafonnier met fin à mes divagations romantiques. Son clignotement répétitif me tire d'un songe où mon existence est parfaite… pour la réalité. On sonne.

Je me redresse en grommelant, passe hâtivement un boxer et le premier pantalon qui me tombe sous la main. Je rejoins la porte d'entrée, maussade. Mon visage se ferme quand j'ouvre à l'importun qui a interrompu ma rêverie.

— Niels, articulent deux lèvres pulpeuses, un brin tentatrices.

— Soleyne.

Soleyne. La meilleure amie d'Ileyna. Une rousse aux apparences angéliques, au caractère de feu, qui a le chic pour systématiquement embarquer ma fiancée dans des boîtes de nuit et autres night-clubs d'où elle revient un peu ivre et mal en point. Et ce, même si je suis dans sa vie depuis huit longues années. « Soirée entre filles », comme elle me l'assène chaque fois. Je croise les bras sur mon torse, faisant volontairement abstraction du regard brûlant qu'elle laisse courir sur ma peau dénudée.

— Ileyna est absente, au cas où tu le saurais pas.

— Je le sais. Tu ne me fais pas entrer ?

Soupir tout juste contenu. Je m'écarte, lui libérant le passage. Elle pénètre dans mon salon. Elle dépose son sac sur la table et s'y appuie. J'ignore son jeu de femme fatale, m'avance dans la cuisine.

— Café ? proposé-je, par pure politesse.

— Thé, s'il te plaît.

Je lance la bouilloire, extrais une tasse d'un placard et un sachet d'un autre. Le temps que je place le tout devant elle, mademoiselle a pris ses aises et parcourt la pile des enveloppes de courrier sans la moindre gêne.

— Si tu trouves des factures, garde-les ! commenté-je, railleur.

— Amusant, réplique-t-elle sans vraiment me regarder.

Un instant ses mains jouent de nouveau avec les enveloppes et les prospectus, puis elle s'interrompt pour me dévisager.

— Tu comptes l'ignorer encore longtemps ?

Je hausse une épaule.

— Précise.

— Ileyna.

Le nom me fait l'effet d'un coup de poing dans l'estomac. Je me détourne, arrête la bouilloire qui doit siffler et remplis sa tasse à ma charmante invitée.

— Son père m'a grandement déconseillé d'aller la revoir pour le moment.

— Son père a tendance à la surprotéger ! réplique-t-elle, virulente. Niels, elle a besoin de toi.

— Je sais.

Soleyne esquisse un rictus, et son regard repart errer du côté du courrier. Le mien aussi, un bref instant. Je tique sur un logo élaboré. Instinctivement, mon cœur accélère. Il me semble avoir reconnu quelque chose… Je tends la main, m'empare du pli. Sous un sigle spiralé mêlant rideau de théâtre et masque de commedia dell'arte, un nom, une adresse. Ceux d'une salle de concert-spectacle privatisable. Je déglutis et lâche le pli. Mon regard rencontre celui de Soleyne. Elle n'a pas perdu une miette de ma réaction.

Je fuis l'insistance de ses yeux dorés, trouve refuge dans la cuisine, face à la machine à café. J'insère une dosette, place ma tasse, appuie sur un bouton, ferme les yeux. Juste deux secondes. Deux secondes pour faire le vide et décompresser.

Lorsque je les rouvre, il me semble être de nouveau maître de moi-même. Je reviens face à mon invitée avec ma tasse fumante. Elle s'est installée sur l'une des chaises, sirotant son thé avec nonchalance. L'enveloppe qui a retenu mon attention gît devant elle, déchirée. La lettre qu'elle contient se trouve, bien à plat, sous sa main.

Son regard se verrouille au mien tandis qu'elle repose sa boisson. Elle s'assure que je la fixe.

— Je sais pas pour toi mais, si j'étais toi, plutôt que de traîner en bas de pyjama dans mon appartement, je ferais deux choses.

— Ah oui ? Quoi ?

— Primo, je lirais ce courrier et je me dépêcherais de répondre par l'affirmative.

— Et deuzio ?

— J'irais la voir.

Chapitre 12

Wolf

« Rentre chez toi. »

La surprise se peint sur les traits de Niels, et je le reconnais, je m'étonne moi-même aussi de ma réaction.

Mais en même temps… Compte tenu de son manque d'attention et de précision, même la meilleure des répétitions ne permettrait pas d'obtenir un résultat potable.

Je ne m'attarde pas pour savoir s'il suit mon ordre et repars en direction de la scène.

Mon regard se perd sur le vaste espace structuré par mes soins. Organisation, exactitude. Les maîtres mots de toute mon existence. Je n'ai jamais laissé la moindre chose entre les mains du hasard, j'ai toujours calculé l'impact de chacune de mes options.

Prendre Niels sous mon aile s'est révélé payant… jusqu'à maintenant. Le gamin est doué. Je comprends qu'il ait envie d'indépendance et veuille se lancer dans son propre show. Il est animé d'une volonté qui lui ferait déplacer les montagnes s'il estimait cela nécessaire. Il ira loin, pour peu qu'il sache gérer ses émotions.

Mais dans l'immédiat…

Dans l'immédiat, songé-je en manipulant distraitement mon foulard à double face, *il est submergé par tout ce qui lui arrive.*

Il n'aurait rien fait de bon aujourd'hui.

Je quitte la scène après un ultime coup d'œil circulaire : tout est prêt. Ma notoriété me permet de ne pas avoir à partager la salle de spectacle avec d'autres intervenants. Je suis libre de conserver mon matériel en permanence ici.

Quelques mots pour la régie, pour indiquer l'ajournement de la répétition... Je passe par la loge récupérer mes affaires et quitte le bâtiment.

La fraîcheur de la fin de matinée me saisit. Je frissonne, remonte le col de ma veste. Lentement, je me mets à la recherche d'un taxi, lequel m'amène en quelques dizaines de minutes à l'autre bout de la ville.

Je n'ai pas l'ombre d'une hésitation devant le grand bâtiment où il me dépose. J'ai réfléchi à ma décision tantôt, quand j'ai vu Niels partir.

J'entre et me dirige droit vers l'accueil.

— Monsieur ? dit la réceptionniste.

Souriante, les yeux un peu brillants – comme toutes les femmes sur lesquelles mon regard se pose.

— Je viens rendre visite à une amie, expliqué-je.

— Son nom ?

— Ileyna Marquez.

— Chambre 516, m'indique-t-elle après avoir brièvement consulté son ordinateur.

— Merci.

D'un geste de la main, furtif et propre à mon statut d'illusionniste, je fais apparaître une carte de visite entre mes doigts et la lui tends.

— Venez me voir, suggéré-je avant de me diriger vers l'ascenseur.

Cinquième étage. Porte 516. J'inspire, toque, attends que l'on m'invite à entrer.

Ileyna est installée sur son lit, occupée à feuilleter un magazine. Elle se redresse à mon arrivée. Ses yeux clairs me troublent.

— Bonjour, beauté, lancé-je, nonchalant.

— Hey.

— Comment va ?

— Je m'encroûte ici. Vivement que je parte !

— Bientôt.

Elle hausse une épaule.

— Demain logiquement. J'attends confirmation.

Je m'approche. Elle est toujours égale à elle-même. Divinement belle, incroyablement tentatrice. Lorsque j'ai appris son accident et son amnésie, ça a été un choc. Un énorme choc. Parce que je tiens beaucoup à Ileyna. Douze ans qu'on se connaît, elle et moi. On s'est croisés dans une réception mondaine. Elle accompagnait ses parents, j'escortais la fille d'un obscur émissaire de je ne sais plus où. Sa fraîcheur, sa spontanéité, son caractère de feu – elle semblait un volcan prêt à exploser –, et par-dessus tout son regard, si clair, avait capté toute mon attention. Hors de question de la laisser ne faire qu'effleurer ma vie. Je m'étais débrouillé pour la retrouver. Pour lier connaissance. Pour la retenir près de moi. Elle n'était encore qu'une jeune fleur intouchable, du moins à mes yeux. Mais je m'étais promis… Oh oui… Je m'étais promis de passer aux choses sérieuses dès qu'elle aurait atteint un âge plus… acceptable.

Et j'y étais presque ! songé-je en prêtant une oreille distraite à son discours. *J'y étais, il y a neuf ans de cela.*

Ileyna était adulte, mature, délurée, spontanée, enflammée, un peu déviante dans son attitude et ses réactions. Elle vivait dans l'instant présent, cherchant le frisson, les sensations, expérimentant à 300 % chaque chose.

Il y a neuf ans, j'avais commencé à me rapprocher d'elle. À lui sourire, à être entreprenant. À me montrer un peu plus qu'un simple ami à ses yeux. À être un homme pour elle : fort, beau, mystérieux… Un bon parti.

Et si Niels ne s'était pas immiscé dans sa vie…

Je souris à Ileyna. Je n'ai rien écouté de ce qu'elle m'a dit. Peu importe.

— Je ne vais pas abuser de ton temps, déclaré-je en m'avançant encore. Je venais juste m'assurer que tu te portes bien.

Je rejoins le bord de son lit, m'y assois lentement. Ma

main se lève, effleure sa joue. Du bout des doigts, je trace le contour de son visage, m'arrête sur ses lèvres. Ses yeux sondent les miens. Aucune peur, aucune surprise. Juste de l'attente. J'accentue mon sourire, me penche vers elle. Ma bouche se dépose sur la sienne. Le contact m'envoie direct un coup au cœur ! Je respire son parfum, me gorge de la douceur de ses lèvres. Et me fais violence pour ne pas la repousser sur le matelas, m'étendre sur elle et la posséder à la hauteur de l'envie qui me dévore les reins.

Je m'écarte.

— À bientôt.

— À bientôt.

Je me relève, quitte la pièce et m'éloigne dans le couloir. Au moment de m'engouffrer dans l'ascenseur, j'ai un dernier regard pour la porte 516.

Il y a neuf ans, tu m'as échappé, jolie fleur. Le destin m'a offert cette seconde chance. Et, crois-moi, je compte bien en profiter !

Chapitre 13

Niels

« J'irai la voir. »

Je suis sans doute complètement frappé et stupide, mais je m'exécute. J'ai pris une heure de mon temps pour contacter l'expéditeur du courrier – ou, plus exactement, Soleyne a joué pour moi les intermédiaires pour appeler et confirmer la réservation de la salle. Une idée d'Ileyna…

Ma fiancée a toujours cru en moi, en mes capacités d'illusionniste. Elle s'émerveillait de mes progrès, m'encourageait, participait activement à mes essais, à mon apprentissage. Première spectatrice, premier conseil et critique… Première supportrice inconditionnelle. Sans elle, je doute que je serais arrivé là où j'en suis.

C'est elle qui a eu l'idée que je fasse les premières parties de Wolf – et c'est grâce à elle qu'il a accepté, je ne l'ignore pas. Sans cela, je serais toujours relégué au rang d'assistant muet, cantonné au rôle de faire-valoir maladroit. Et c'est à cause de son insistance que j'ai commencé à démarcher différentes entreprises de gestion de salles de spectacle, afin d'y présenter mon propre show.

Ambitieux, vous trouvez ? Moi aussi. Je ne suis pas certain d'avoir les compétences pour… Mais entre chercher un espace à occuper, même restreint, et s'y produire, il y a un monde… que j'ai franchi à l'instant.

Ce courrier, favorable à ma demande, vient de tout

changer. Si Soleyne n'avait pas été là, je l'aurais balancé à la corbeille sans transition aucune.

Sans Ileyna à mes côtés pour concrétiser tout ça…

Seulement voilà. Soleyne était là. Elle connaît ce projet, Ileyna lui en a parlé. Elle est au courant de ma motivation à m'insérer dans ce milieu, à en faire mon métier de manière autonome, indépendante. Et pas continuellement sous le joug de Wolf et de ses directives. Certes, j'ai encore à apprendre, mais ces années de formation intensive ont fait de moi un magicien émérite et plutôt doué. Mes premières parties sont applaudies par le public, les spectateurs apprécient mes tours pour leur douceur et leur apparente simplicité. Je m'efforce de faire spontané et naturel, loin de la sophistication des tableaux de Wolf.

Là où lui pense en mettre plein la vue, je cherche le sourire surpris, l'étonnement, le retour à une magie qui émerveille les plus jeunes…

Cette opposition entre nos deux styles fait de chaque show de Wolf une ambivalence totale, saluée par les critiques. Et ça a poussé Ileyna à m'encourager dans ma propre voie…

Ce qui nous ramène à cette lettre, à Soleyne prenant son téléphone pour appeler, répondre aux quelques questions posées sur le document et, après un rapide regard vers moi, confirmer la réservation de la salle.

Me voici donc, virtuellement allégé d'un chèque de 1 000 euros, qui partira au courrier demain matin. Je disposerai potentiellement d'un espace de scène de soixante mètres carrés d'ici six mois et pour une durée initiale de trois mois reconductibles par périodes de six mois. Je suis incroyablement nerveux et tout à la fois euphorique, en route pour la clinique privée E. Riest… Là où ses parents ont déplacé Ileyna pour la faire bénéficier d'un suivi personnalisé et en adéquation avec le volume de leur portefeuille.

L'endroit annonce direct la couleur : façade orgueilleuse, hall imposant, réceptionniste tirée à quatre épingles. Je grimpe les étages, le cœur affolé.

Le stress monte à mesure que je m'approche. J'ignore comment je vais être reçu. J'ignore si je fais bien de la rejoindre.

Les mots de Feliciano tournent en boucle dans ma tête. Patienter, lui laisser du temps, ne pas être trop présent au risque de la bouleverser davantage…

Mais moi je veux la voir. Je veux lui parler. J'ai besoin d'elle.

Chambre privée numéro 516. J'y suis. J'hésite un instant. Peut-être est-ce une mauvaise idée ? Peut-être devrais-je faire demi-tour et attendre encore une dizaine de jours ?

Ou toute une éternité pendant qu'on y est…

Je toque à la porte en un mouvement impulsif et irréfléchi avant que mes pensées m'en empêchent. Puis je tourne la poignée et entre. De toute façon, si réponse il y a, je ne l'entendrai pas, donc…

Un vestibule avec placard. Une chambre plutôt vaste, facile dix mètres carrés. Une commode qui fait office de meuble TV, un lit pas vraiment médicalisé et sur le côté la porte menant à une salle de bains.

Ça évoque bien plus un hôtel de luxe qu'un hôpital, mais bon… je ne m'attarde pas sur les détails. Non. Je cherche quelque chose d'autre, quelqu'un d'autre. Et m'étonne de trouver les lieux désertés… Enfin, presque désertés. Car de la salle de bains émerge une silhouette qui, sans être celle que j'espère voir, ne m'est pas inconnue. Feliciano.

— Niels, me salue-t-il, sur la retenue.

Je hoche la tête, mes yeux partant errer çà et là, avant de revenir se poser sur lui.

— Elle n'est pas là, déclare-t-il posément en avançant. Elle et Isabel sont allées à l'administration pour les formalités de sortie.

— Ah… Elle sort, alors ?

— Oui, demain. Niels…

— Je suis venu la voir.

— Je doute que…

— Je dois lui parler !

Feliciano baisse le regard. S'il est embarrassé, je m'en contrefiche. J'insiste.

— Je l'aime, vous le savez. Ce n'est pas un ac…

— Elle est très… agitée, contre-t-il du bout des lèvres.

Je hausse une épaule.

— Ileyna a toujours été agitée.

Il me le concède d'un battement de cils.

— Actuellement, reprend-il, elle l'est plus que d'habitude. Cela fait peu de temps, et… ce serait peut-être mieux que tu patientes encore avant de…

— De lui parler ? De lui dire qui je suis ?

— Oui.

Le mot résonne comme un couperet dans mon esprit. Feliciano soupire ostensiblement, se rapproche de moi. Sa main sur mon épaule est aussi lourde que le poids de mon passé. Que celui de ma surdité.

— Je sais que c'est dur, fils, annonce-t-il. Mais elle a besoin de temps. Un choc pareil, là, tout de suite… Ça ne sera pas bon pour elle.

Lentement mais avec autorité, il m'écarte du lit et du fauteuil, me ramène à la porte. Son air désolé me transperce le cœur. J'apprécie grandement cet homme et lui suis redevable de beaucoup, mais ce qu'il exige de moi, là… est au-dessus de mes forces.

— J'ai besoin de lui parler !

— Je sais, Niels. Je ne le sais que trop bien. Je ne te demande qu'un peu de patience. Le temps… qu'elle trouve ses marques, que ses séances psy débutent.

— De la patience, hein ?

Mon ton est amer, certainement. Un énervement profond, une exaspération croissante couve en moi, et je la contiens à grand-peine.

— Oui. Juste un peu de temps, pour elle.

Je m'incline de mauvaise grâce. Que puis-je faire d'autre ? J'échoue dans le couloir, perdu, tourmenté, envahi de sentiments contraires. La porte de la chambre

516 close face à moi semble se moquer de ma situation. De mon désespoir.

Lentement, je me dirige vers les ascenseurs, presse le bouton d'appel. Un poids énorme compresse mon cœur, menaçant de l'écraser.

Je m'engouffre dans la cabine, martèle d'un geste sec le bouton du rez-de-chaussée. J'ai mal. J'étouffe. Je voudrais hurler contre l'injustice qui me sépare de celle que j'aime.

L'ascenseur s'arrête quand j'atteins ma destination. Un poids insidieux comprime toujours mon cœur blessé.

Et il est encore plus lourd lorsque les portes s'ouvrent. Là, belle, fière, sauvage, indomptée, Ileyna se tient aux côtés d'Isabel. Cette dernière ne me remarque pas, focalisée sur un agent hospitalier. Sa fille patiente, ses yeux trop déroutants explorant le hall d'accueil. Ils se posent sur moi l'espace de trois secondes.

Trois secondes d'intensité, d'éternité, où tout soudain semble possible. J'espère sans trop y croire, mais en l'espérant tout de même, un sursaut, un geste, un mot, un éclat au fond de son regard… un miracle. Mais rien. Elle se détourne finalement pour s'intéresser à autre chose.

Quelque part, là, tout de suite, j'ai l'impression qu'un petit moment j'ai tout simplement cessé de vivre.

J'échoue lamentablement sur le parvis de la clinique, groggy. La nuit s'est installée durant mon court interlude dans cet établissement. Mon regard contemple l'immeuble à la façade orgueilleuse. Je cherche une fenêtre allumée au cinquième étage. Je crois que j'espère, sans trop y croire, y distinguer une petite silhouette m'observant depuis là-haut. Mais non. Rien. Juste des vitres éclairées de l'intérieur…

A contrario de mon cœur. Sa lumière vient de s'éteindre…

Je m'éloigne. Le poids énorme sur mon torse me semble plus oppressant encore. Il m'empêche de respirer. Une larme affleure, que je refoule fermement. Je prends le large.

La vie parisienne, ses passants toujours pressés, l'animation de ses trottoirs me happent en un éclair. Je ne suis plus qu'une ombre anonyme et solitaire. Je fuis le métro et sa rapidité. J'ai besoin de temps. Je longe les boulevards, me faufile entre les véhicules à l'arrêt, contourne les bus bondés. Mon esprit est anesthésié. J'avance, en mode automatique. Mes pas me portent je ne sais où et, à dire vrai, je ne m'en soucie pas.

Les poings dans mes poches, j'inspire lourdement l'air saturé de pollution automobile. Mes phalanges se serrent, je m'oblige à étendre les doigts. À respirer. À contrôler la rage qui monte lentement en moi.

Ileyna.

Son sourire, sa douceur, ses baisers, sa passion.

Ileyna.

Nos jeux amoureux, dans mon misérable studio ou, plus tard, dans notre logement cosy. Ses maladresses, ses réussites. Sa joie à me voir progresser.

Ileyna.

Ses doigts sinuant sur ma peau, sur mon dos, sur mon bras, dans un lacis d'arabesques au sens connu de nous seuls. Une pression ou deux, un mouvement latéral, une boucle… sa manière de me parler, en silence, en toute intimité.

Ileyna.

Son visage fier et impassible, face aux railleries de ses anciens copains quand elle a dit « non » à un rail. Parce que j'étais là, avec elle, à ses côtés. La lueur dans son regard brillant lorsqu'elle leur a tourné le dos pour ne plus les revoir, les laissant à leur débauche et à leur autodestruction. Sa petite main serrant la mienne avec force et vigueur. Avec détermination.

Ileyna.

Ses hurlements, silencieux à mes oreilles, mais si puissants sur ses lèvres. Sa violence ravageuse. Ses emportements. Nos réconciliations.

Ileyna. Ileyna. Ileyna…

Ley.

Je relève les yeux du trottoir. Face à moi, une vitrine – LA vitrine. Celle où jadis trônait une certaine mallette de magicien amateur, et devant laquelle j'ai passé tant de temps. Une larme échappe à mon contrôle. Je recule prestement, fuis le rappel troublant, poignant, de ces souvenirs par milliers.

Ses yeux. Son sourire. Sa peau. Ses baisers. Sa colère. Et ses mots. Les derniers…

Je shoote dans une poubelle violemment. Ce débordement soudain me fait du bien. Je réitère un peu plus loin, balance à bout de bras une canette égarée. Et hurle un bon coup.

Peu importe que les passants m'observent. Qu'ils me dévisagent.

Mon amour a perdu la mémoire, et je l'ai perdue dans le même temps, n'est-ce pas assez pour justifier mon comportement ?

Je m'éloigne, rageur. Retourne jusque chez moi en traînant les pieds.

Assise sur les marches du perron de notre immeuble se trouve… Soleyne. Je me fige.

— Niels…, lance-t-elle.

— Qu'est-ce que tu fais là ?

— Tu es allé la voir.

J'acquiesce, la contourne et ouvre la porte grillagée. Soleyne se lève, m'emboîte le pas, silencieuse, tandis que je gagne mon étage. Enfin, il est possible qu'elle parle, mais je ne fais aucun effort pour m'en assurer et la comprendre. Parfois, être sourd, ça a du bon…

Je ne me retourne qu'une fois la porte de mon appart' déverrouillée. Ses grands yeux me dévisagent, inquiets.

— Elle t'a repoussé, c'est ça ?

Je ne réponds rien. Ni mot ni geste. Je déglutis avec peine et recule vers le salon. Comment dire que je n'ai même pas pu lui parler ? M'expliquer ? Comment exprimer que « pour son bien » on m'a fortement incité à m'éloigner ?

— Je le craignais, reprend-elle. Je suis allée la voir ce matin.

Doucement, elle s'interrompt pour refermer la porte. Ses yeux reviennent se fixer aux miens, et je n'ai pas le cœur à m'en détourner.

— J'aurais jamais dû t'écouter, contré-je piteusement. Si j'étais resté ici…

— Tu lui aurais laissé la possibilité de te rayer de sa vie, me coupe-t-elle, implacable. Niels…

Trois pas, et sa main qui se tend pour happer la mienne. Je n'entends pas le ton qu'elle emploie avec moi, mais je le devine compatissant et peiné. Je perds le courage d'essayer de lui raconter ce qui s'est réellement passé. Que seuls nos yeux se sont brièvement parlé… sans se comprendre, en réalité.

— Tu te souviens quand vous avez commencé à vous fréquenter ? Elle t'a repoussé de nombreuses fois.

— Ileyna a toujours eu un caractère plutôt vif.

— Oh oui…, renchérit-elle en souriant. Mais ce que je veux dire… Niels… C'est comme si on avait fait un bond dans le passé, là. Elle a tout oublié, et… d'après ce que ses parents m'ont dit, son attitude… Bref, elle se comporte comme avant, tu vois ?

Si je vois ? Très bien même !

— Si tu ne te bats pas pour rester avec elle comme tu l'as fait jadis, elle continuera sans toi, conclut Soleyne tout doucement.

Je me mords la lèvre. Sa main quitte la mienne pour atteindre ma joue et écraser une larme dans sa course.

— Je suis désolée, murmure-t-elle encore avant de me prendre dans ses bras.

J'accepte cette étreinte. Elle me fait du bien. Et j'ai besoin de cette infime marque de réconfort.

— Je suis désolée, répète-t-elle quand finalement elle s'écarte de moi.

— Moi aussi.

Vous avez toujours souhaité remonter le temps ? Croyez-moi, c'est une très mauvaise idée.

Chapitre 14

Ileyna. Ma panoplie d'accessoires étalée devant moi, je tente de conserver mes pensées sur le fil directeur que je leur ai donné.

La représentation. La salle. Wolf m'attend en fin d'après-midi sur scène, pour une répétition avant le début du show, dans la soirée. J'ai donc quatre heures devant moi pour commencer la conception de mon propre spectacle. Quatre petites heures… c'est rapide d'ordinaire. Là, ça semble s'étirer en longueur.

Mon regard se pose sur mes accessoires. Mes trucs et astuces de pro. Bagues, cartes, stylos, masques, teintures, paravents, feuilles et autres éléments sont disposés soigneusement dans leurs coffrets. Je passe de l'un à l'autre en silence, sans réellement les voir.

J'ai quatre heures devant moi pour commencer à organiser ce qui sera mon propre show. Mais mon esprit vogue à des lieues de tout cela.

Il est auprès d'Ileyna. Dans cette clinique, face à ce regard perdu, déstabilisant, si lointain et si différent de celui que j'ai côtoyé des années durant.

Je referme brusquement les mallettes et m'en détourne. Aujourd'hui, je ne suis capable de rien. Et surtout pas d'envisager la création d'une scène de magie.

Ma scène de magie…

Non, rectifié-je mentalement, *notre scène. À nous.*

Je quitte le bureau, passe dans le salon. Mon esprit

carbure à cent à l'heure. Il tourne en boucle autour d'un seul et unique constat : Ileyna n'est plus là.

J'inspire. Je n'ai pas oublié les mots que Soleyne, hier soir, a prononcés. Me battre pour elle… Pour rester avec elle. Comme avant.

En suis-je encore capable ? Les premiers temps de notre relation ont été compliqués, faits de creux et de vagues abrupts et virulents.

Puis-je encore supporter ses rejets, ses colères, espérer l'assagir ? Oui, me répond mon cœur, si c'est pour la retrouver telle qu'elle était ensuite.

Après tout… Je l'ai bien conquise une première fois, pourquoi pas une seconde ? À la différence près que, cette fois-ci, ses parents semblent déterminés à vouloir me maintenir à l'écart. J'inspire, le temps de me décider.

Puis j'attrape mon blouson, mes clés, et m'élance au-dehors.

Traverser tout Paris peut être quelque chose d'assez simple et rapide. Cela peut cependant vite devenir très compliqué pour peu qu'on soit comme moi : en pleine heure de pointe de sortie des bureaux, victime des aléas des transports en commun avec leurs imprévus et leurs retards… et tellement perturbé par ses pensées qu'on rate l'arrêt de sa correspondance.

Résultat : j'atteins mon objectif plus d'une heure après avoir quitté mon domicile. Peu importe. J'y suis, bien décidé à faire valoir mes droits.

Je m'oblige à dénouer les muscles de mes épaules tandis que mon regard remonte la façade haussmannienne de l'immeuble. La famille Marquez réside ici depuis deux décennies. Les affaires florissantes de Feliciano lui ont permis d'occuper un vaste appartement dans ce quartier huppé et chic, bien loin – si loin – de la zone urbaine bitumée de Rungis où le destin d'Ileyna et le mien se sont télescopés.

J'avance jusqu'à l'entrée, en pousse la porte vitrée et passe le sas. Le code ne m'est pas inconnu, je le tape anxieusement, m'engouffre à l'intérieur. L'ascenseur, brillant, feutré, me dépose au cinquième rapidement.

J'arrête mes pas face à la porte blindée. J'hésite à sonner – j'ai ma clé, je pourrais entrer sans les avertir, comme je l'ai fait tant de fois. Cependant, aujourd'hui, les circonstances sont un peu particulières. J'approche le doigt de la sonnette et, sans me laisser la possibilité de renoncer, m'annonce, selon mon code à moi.

Quelques respirations saccadées plus tard, la porte s'ouvre sur Isabel. La mère d'Ileyna me contemple dans l'entrebâillement. Un pâle sourire étire ses traits, avant qu'elle me libère le passage.

— Niels…

D'un geste, elle hésite, puis m'invite à la suivre. Je franchis le vestibule et pénètre dans le vaste salon. Lumineux, sobre, chic… Le parfait reflet de ce couple que j'ai appris à connaître et à apprécier. Isabel s'est arrêtée à l'entrée de la pièce. Les mains crispées l'une sur l'autre, elle m'offre une expression tout à la fois désolée et angoissée. La situation est compliquée pour elle, tout autant que pour moi.

— Tu es venu, ajoute-t-elle.

Si ses yeux me fuient, son visage me fait face. Même dans ces circonstances, elle n'oublie pas de faire attention, pour me permettre de comprendre. Je hoche la tête, mon regard papillonnant sur les tableaux, les murs, le mobilier.

— J'ai hésité, confié-je à mi-voix.

— Elle…, poursuit lentement Isabel.

Elle pivote, scrutant le couloir par-delà la cloison, avant de revenir à moi. D'un mouvement, elle s'approche, m'entraîne jusqu'au canapé. Elle s'y assoit, m'intimant de l'imiter.

Je pose la main sur la sienne. Elle tremble. Un pâle sourire pour la rassurer. Elle inspire. Et moi je suis suspendu à ses lèvres.

— Feliciano estime que… qu'il lui faut du temps, et les médecins craignent qu'un choc émotionnel trop fort…

— Je sais, la coupé-je. Il m'en a parlé.

— Quand ?

La surprise dans son regard est presque blessante. Je balaye sa question d'un mouvement de la main. Au fond, peu importe. Seule compte Ileyna. Isabel hoche la tête, visiblement oppressée.

— Elle est dans sa chambre, reprend-elle.

Je devine qu'elle a baissé le ton. J'acquiesce, l'encourageant sans un mot.

— Elle… Oh ! Niels…

Sa main vient se crisper sur la mienne, avec une force presque désespérée. Elle sursaute d'un coup. Ses yeux filent vers le couloir, reviennent rapidement à moi.

— Jadis tu as réussi à me rendre ma fille, articule-t-elle vivement. Je t'en prie… Je t'en prie, si tu tiens à elle… Ramène-moi celle qu'elle était. Retrouve le chemin de son âme…

Une larme perle sur sa joue. Elle ne la dissimule pas et la laisse couler. Nerveusement, Isabel serre un peu plus ma main. En toutes circonstances, sa dignité reste présente.

J'esquisse un sourire qui se veut rassurant, mais n'est sans doute qu'un rictus crispé. La douleur de cette mère me poignarde le cœur. Elle trouve écho dans celle qui me ravage insidieusement.

Ileyna. Si proche de moi, si belle, si désirable… inaccessible. Pour le moment.

J'inspire, ouvre la bouche, cherchant mes mots. Mais, avant que j'aie pu les trouver – avant que je puisse laisser échapper tout ce que je ressens –, Isabel pivote, se redresse, prête à bondir de son siège. Tendue.

Puis un météore sombre émerge du couloir et traverse en trombe le salon. Ileyna.

Ou comment remonter le temps en un instant !

Tout en elle me crie le retour aux débuts de notre histoire. Sa coiffure, queue-de-cheval stricte dévoilant un visage délicat, presque trop parfait, un jean troué, un top limite provocant, des bagues imposantes… et un maquillage un peu trop prononcé.

Ileyna, en effet. Telle que je l'avais rencontrée au night-club où je travaillais.

Je n'ai qu'une fraction de seconde pour l'apercevoir, la détailler. Ileyna s'immobilise sur le seuil, tourne la tête vers sa mère.

— Je sors, lis-je sur ses lèvres. M'attends pas.

Son regard se décale, me frôle, puis se désintéresse de moi. Il me lamine jusqu'à l'âme. Je serre les poings et les mâchoires.

Elle a déjà passé la porte d'entrée, comme si son apparition n'avait été qu'un rêve ou un léger coup de vent dans la pièce.

Les émotions, les mots, les cris aussi se mélangent dans mon esprit. Il me semble que j'aurais dû… Quoi ? L'arrêter ? Lui parler ? Me présenter ? Hurler mon amour, notre histoire commune ? Elle ne m'en a pas laissé l'occasion.

Mes yeux finissent enfin par déserter l'endroit où elle se tenait, reviennent à Isabel.

— Ramène-moi, ma fille, me supplie-t-elle.

Je suis déjà dans le couloir extérieur, à marteler le bouton de l'ascenseur. Et celui-ci tardant à se manifester, j'opte pour une descente effrénée de l'escalier. Je déboule hors de l'immeuble, les poumons en feu, le cœur compressé, affolé.

Une rage sourde couve en moi. Une sensation d'injustice mêlée d'exaspération. Ley a toujours eu un caractère fort, limite buté ; bien souvent, cela a été une source de conflits entre nous. Mais de là à ce qu'elle réagisse comme ça…

Mon poing se crispe, unique manifestation de ce que je ressens. Je crois que, si je l'avais face à moi, là… peut-être que je la saisirais par les épaules, que je la confronterais à ma réalité – à notre réalité –, à la vie que nous avions, tous les deux, jusqu'à présent.

Oui, un bon choc psychologique, pour lui remettre les idées en place, lui faire comprendre ce qu'elle est en train de faire !

En tout cas, hors de question de la laisser m'échapper !

Rapide regard à gauche, à droite, sur le trottoir. Je cherche sa silhouette – celle de la fille que j'aime par-dessus tout.

Hésitant, incertain, j'oscille d'un côté puis de l'autre, perdant de précieuses secondes. À chaque instant elle s'éloigne un peu plus de moi !

Quand soudain une révélation ! Il me semble l'apercevoir. Je me précipite à sa poursuite.

Chapitre 15

20 heures. J'arpente les trottoirs de la banlieue parisienne en tous sens. Je la cherche. La silhouette que j'avais cru distinguer. Depuis lors, j'écume tous les endroits qui me viennent à l'esprit : les bars les plus courus, les restaurants branchés, les salles privatisées, ouvertes pour des *« before »* atypiques et discrets.

Il est trop tôt pour envisager les night-clubs et autres *private parties*. Encore plus pour ces lieux d'after qu'elle prisait tant, jadis.

Jadis…

Jadis. *Qu'aurait donc fait la jeune femme que j'ai rencontrée à Rungis il y a huit ans ?* songé-je en m'arrêtant pour souffler. Ma main vient malmener mes cheveux. La fatigue menace. La nervosité, aussi.

Je secoue la tête. Je raisonne mal, je le sais. Alors quoi ? Rentrer à la maison, laisser passer la nuit, essayer de lui parler plus tard ? De la convaincre du bien-fondé de notre histoire ? Ley m'aurait écouté. Ley aurait cru en mes paroles.

Parce que Ley a appris à me connaître.

Mais Ileyna, cette jeune fille sauvage, impétueuse, un peu orgueilleuse, qui préfère se brûler les ailes aux portes de la tentation plus que toute autre chose… Elle, elle ne sait pas qui je suis. Cela, je le comprends brusquement.

Où aurait été Ileyna il y a huit ans ?

Un flash me revient : celui de ma jeune compagne, tenant tête à cette brute épaisse et sans cervelle. Son nom m'a échappé depuis le temps, cependant... Cependant, j'ai comme une intuition.

Où serait-elle allée, à l'époque ?

La réponse me vient rapidement. Je relève les yeux pour m'orienter et pars.

21 heures bientôt. Je circule, tête penchée et mains dans les poches, de ruelle en ruelle. À quelques pas de là, les grandes avenues, les boulevards, les restaurants. Tout un monde chic et soigné, poli, civilisé, a priori parfait. Nul ne daigne tourner le regard vers ces lacis tortueux et enténébrés. Nul n'y accorde d'intérêt. Pourtant, ici pulse une vie parallèle, aussi sombre que celle des grandes artères semble lumineuse. C'est là que je me suis enfoncé, dans les arrière-cours, les façades cachées des restaurants, des hôtels. Là où l'on barricade les fenêtres, quand on ne les condamne pas...

Çà et là, des groupes, plus ou moins imposants, plus ou moins visibles. Les regards se frôlent, on se juge, on s'oublie tout aussi vite. Là s'échangent billets et doses, alcools et stupéfiants divers. Là débutent les beuveries des soirées trop animées, trop exacerbées, qui débouchent sur vols, dégradations, cambriolages... et autres joyeusetés.

Là, jadis, je l'ai accompagnée. Jadis, je l'en ai éloignée, éméchée, incohérente, perdue entre un mal-être temporaire et une furieuse envie de liberté. Là, jadis, j'ai su intervenir, la ramener à moi.

Y arriverai-je de nouveau ? Est-elle seulement là aujourd'hui ?

Je circule de groupe en groupe, passe dans d'autres ruelles, franchis rapidement les soubassements. Certaines caves sont ouvertes à cette sorte de population... prélude à la nuit et à ses folies. Je n'ose m'y aventurer, par précaution. Les gars là-dedans sont encore frais, pas assez ravagés par l'alcool et la fatigue. Ils chercheront la bagarre au moindre prétexte. Et, à cette heure-ci, c'est plus un lieu de passes rapides, de coups d'un instant, avant l'extase nocturne et les exhibitions. Rien que l'idée de la découvrir dans ces endroits… me révulse.

Je préfère me raccrocher à la possibilité de la trouver errant dans cette zone glauque et mal famée. Hélas pour moi, je ne l'aperçois nulle part. Me serais-je trompé ? En un sens, ça serait mieux. Cela signifierait que tout espoir n'est pas perdu. Qu'elle pourra prendre la mesure de ce qu'elle et moi avons construit, ensemble, et de notre potentiel avenir.

Mes frêles espoirs s'effondrent aussi sec. Là, parmi un groupe resserré sur lui-même, tassé dans l'angle biscornu d'un immeuble peu reluisant… cette silhouette que je ne connais que trop bien. Provocante, aguicheuse, splendide.

Ileyna.

Je m'immobilise, le cœur malmené. Elle se tient là, seule femme parmi un groupe de cinq loubards qui la reluquent ouvertement, une bouteille bien entamée en main. L'un des mecs la lui retire et lui en propose une autre, remplie à ras bord. Ileyna s'en saisit et en descend une bonne partie d'un trait.

Ce n'est ni la deuxième ni même la troisième, je le devine. Toute son attitude crie l'ébriété. Ses gestes amollis, hésitants et saccadés, sa posture, jusqu'à son maintien. Ils l'ont enivrée !

La colère revient, plus forte, intraitable. J'avance de quelques pas et brise le cercle du groupe. Ma main s'enroule à son coude, je la tire en arrière. Vers moi.

— Oh ! mais c'est quoi ? balbutie-t-elle en trébuchant.

— On rentre, déclaré-je d'un ton sec.

J'insiste d'une pression sur son bras. Ileyna me détaille des pieds à la tête. Son regard vient se planter dans le mien, version fusil-mitrailleur. Je parie qu'elle ne m'a pas reconnu ! Et, dans l'état où elle est, demain elle aura oublié que je suis intervenu… Un des gars s'approche, me bouscule ouvertement. Il est plus baraqué que moi, mais pour le moment je n'en ai strictement rien à faire.

— T'es qui, toi ? me provoque-t-il. Eh, continue-t-il en s'adressant à ma compagne, tu le connais ?

— Nan !

Le mot m'atteint au cœur. Je carre les épaules et serre les mâchoires, virulent.

— D'où tu sors ? reprend le type. Dégage !

— Je suis son fiancé, alors c'est toi qui dégages ! répliqué-je, hargneux.

— Elle te connaît pas, elle dit ! Casse-toi !

Le molosse me repousse du plat de la main, goguenard. Je l'ignore, reportant mon attention sur Ileyna. Elle tente mollement de se dégager de ma poigne. En temps normal, elle se serait déjà écartée. Son tempérament de feu aurait pris le dessus. Ça en dit long sur son alcoolémie.

— Mais lâche-moi ! exige-t-elle.

— On rentre.

— Lâche-moi, bordel !

Elle commence à se démener face à moi. Essaye de me frapper de la pointe de sa bottine. Cogne à petits coups sur mon bras. Trépigne sur place. J'ai mal de la voir comme cela. Mais je ne la laisserai pas là !

Deux poids lourds et pesants se posent sur mes épaules. L'instant suivant, je voltige dans les airs. Cogne du dos contre le mur. Un moment de totale désorientation…, puis deux mains me soulèvent par mon blouson.

— La demoiselle t'a dit de la lâcher ! annonce le tatoué, un sourire sadique aux lèvres. Alors tu la lâches.

— C'est ma fiancée, crié-je en me débattant.

Il rit. Il se sait en position de force et compte bien en profiter. Comme s'il laissait glisser un sac-poubelle, il me relâche et me repousse à terre. Et c'est son regard vrillé au mien qu'il recule. Son bras vient s'enrouler aux épaules d'Ileyna et la presser contre lui. Le geste est explicite. Mes poings se referment. Je vais frapper !

— Pas ce soir, mec, lance-t-il en se marrant.

Ses acolytes se réunissent autour d'eux. Ileyna sourit un peu bêtement au malabar. En cet instant, je hais l'alcool et tout ce qu'il provoque ! M'ignorant complètement, le groupe me tourne le dos et s'éloigne. Le type pivote vers moi au moment de pénétrer dans une cave. Il s'assure que je ne rate rien du spectacle. Sa main se moule aux fesses de ma fiancée. Puis il disparaît à l'intérieur, ses potes formant un rempart infranchissable entre lui et moi.

— Dégage ! me menace l'un d'eux. Sinon…

Et, comme je m'entête à rester sur place, le gars fait demi-tour et marche sur moi.

— T'as pas dû bien entendre, mon pote, lâche-t-il.

— Non, en effet, ironisé-je.

Cela me vaut d'être repoussé en arrière pour le moins brutalement. L'autre s'avance vers moi, la tête penchée sur le côté. Trois pas encore, et il se colle à moi. Sa main chope mon menton, et il me relève de force.

— Il a dit : casse-toi.

Tout juste si je vois son poing s'abattre sur mon visage.

Il doit être 23 heures. Ou minuit. Je ne sais pas trop. Et je manque d'énergie pour ne serait-ce que tourner la tête vers l'horloge murale. Je préfère contempler le plan de travail en verre poli sur lequel je suis accoudé.

Je refuse de regarder autour de moi. Ma pommette m'élance, mais je ne m'en soucie pas. Je n'ai d'yeux que pour la silhouette d'Ileyna disparaissant dans cette cave avec cette bande de mecs en rut. J'enrage ! Et encore plus de me savoir impuissant ! Débarquer là-bas ? Ils sont cinq au moins. Je me ferais démolir en un instant. Appeler les flics ? Elle est majeure, nous ne sommes pas mariés.

Aucune solution.

D'agacement, de frustration aussi, je frappe d'un coup sec le plan de travail. Me redresse. La colère bout en moi, et je ne sais pas comment la canaliser.

Un homme vient se poster dans mon champ de vision – un barman. Derrière lui s'alignent des bouteilles d'alcools forts. Il hausse un sourcil en me contemplant.

— Écoute, fiston, me dit-il. Ici c'est fait pour consommer. Si t'as des états d'âme, y a un cabinet de psychologie un peu plus bas dans la rue.

Je hoche la tête.

Consommer. Mes yeux se perdent sur les étiquettes.

— Un shot.

C'est sorti tout seul. Le barman approuve, se penche pour prendre un petit verre et le placer devant moi. Je bloque sur son air incroyablement placide.

— Fort.

Nouvelle approbation. Une bouteille au goulot resserré suit le verre. Il sert un liquide clair aux reflets ambrés avec professionnalisme. Je dépose un billet, m'empare du shot et le porte à hauteur de mon visage.

Juste le temps de songer brièvement à Ley, j'ingurgite l'alcool. Ça me brûle la trachée, ça se déverse dans mon sang, ça étouffe ma peine – mais pas assez.

Ileyna.

— Encore.

Deuxième shot à portée de main. Mon regard se perd dedans, avant que je l'avale d'un trait. L'alcool me fait frissonner, une brume légère envahit mon esprit. Tout devient indistinct, cotonneux. Ma douleur s'estompe, remplacée par une sorte d'euphorie trompeuse, presque déplaisante.

— Encore !

Troisième dose de liquide brûlant. Je repose le verre sur le comptoir, laisse ma tête rouler sur mes bras étendus, mes pensées divaguer.

Je suis dans un autre univers, un autre monde – celui où Ileyna est rentrée à la maison ce jour-là, souriante, un sac de shopping à la main. Nous nous serions gentiment querellés à propos de ces dépenses futiles, clôturant la dispute d'un tendre baiser. Elle aurait ouvert le courrier, hurlant sa joie de savoir que nous avions obtenu une scène, rien que pour nous. Nous aurions alors passé le reste de la soirée à ébaucher le spectacle, avant de finir ensemble, au lit…

Ileyna…
— Ley…

Les brumes de mon ébriété se dissipent. Je roule sur moi-même, la migraine vissée au crâne, avant d'inspirer. Lentement. J'ai l'impression que ma tête va exploser.

Une par une, les sensations me reviennent. Des picotements désagréables parcourent mes doigts et mes pieds, mon estomac se croit sur une mer démontée… et ouvrir les yeux semble un objectif frôlant la limite de l'impossible.

Quelque chose se place entre moi et la source de lumière. J'arrive laborieusement à lever un bras, à m'appuyer sur le coude et à me redresser. La surface où je repose s'enfonce un peu. Un bref éclair de lucidité me traverse. Un matelas ?

Où suis-je ?

Puis quelque chose touche mon épaule. Une main, si j'en juge par la pression. Je m'oblige à ouvrir les paupières, refoulant au loin l'envie puissante de m'écrouler de nouveau, de sombrer dans l'inconscience.

Le temps de m'habituer, de lutter contre une nausée malsaine… je découvre tout d'abord ma chambre, puis Wolf, face à moi.

— Le jeune prince émerge enfin, raille-t-il dès qu'il est certain d'avoir mon attention. Bien dormi ? Ça va, pas trop mal au crâne ? Pas trop triste d'avoir manqué la représentation hier soir ?

Chapitre 16

Trois secondes. C'est le temps qu'il me faut pour percuter. Pour rassembler les fragments de ma soirée d'hier et réaliser… qu'en effet j'ai totalement oublié la représentation pour laquelle je suis payé.

Et merde !

Je me laisse retomber en arrière, ignorant mon cerveau qui cogne dans ma boîte crânienne.

— Oh ! merde, Wolf…, balbutié-je. Désolé, je…

Je tourne la tête pour le dévisager. Il est en colère, on dirait.

— « Désolé » ? scande-t-il.

Bon, OK… Il a toutes les raisons de l'être !

— Tu peux être désolé d'avoir bousculé quelqu'un !

Il s'agite dans ma chambre. Ses mains malmènent ses cheveux, ses gestes sont saccadés… Il ne fait que renforcer ma nausée. Je referme brièvement les yeux. Quand je les rouvre, il en est à attraper au hasard les habits que j'ai laissés traîner et à les projeter au loin.

— … Pris ce qu'on te dit. D'être malade ou de te tromper !

— Wolf… Cesse de bouger, supplié-je.

— Tu peux être désolé pour avoir oublié d'acheter le pain ! Ou oublié une date importante !

Mon mentor s'immobilise enfin. Ses yeux se posent sur moi, et je pâlis un peu plus.

— Mais PAS de ne pas avoir assuré ton JOB !

Mon sweat jeté à pleine force sur moi ponctue sa phrase. Je le reçois maladroitement, l'écarte en bataillant.

— Debout !

Je secoue la tête. Ma gueule de bois est corsée. Je sens que, si je me lève, ça va être catastrophique.

— Debout ! m'exhorte-t-il encore. Tu as un job à faire !

— Non.

Ma réplique est mince face à sa fureur, néanmoins je ne me défile pas. Décidant de l'ignorer, je m'écroule de nouveau dans mon lit.

— Casse-toi de chez moi, lancé-je. T'as rien à faire ici.

Et, sans regarder s'il s'exécute, je ferme les yeux et replonge dans le néant.

Lorsque j'émerge, je ne sais combien de temps plus tard, je suis seul. Wolf a dû partir, et je n'en suis pas mécontent. J'ignore comment il est entré chez moi comme ça – si Ileyna lui avait donné une clé… –, mais je ne tiens plus à le revoir. Je me redresse, la tête ballottant en tous sens, et gagne d'un pas de marin tout juste rentré à terre la salle de bains.

La douche, alternant le brûlant et le glacé, a le mérite de réveiller mon corps à défaut de chasser ma migraine tenace. Et c'est en enfilant un sweat à gestes lents que je passe au salon. Je ne vais guère loin cependant, je franchis seulement le seuil de la pièce.

Wolf me dévisage depuis la cuisine. Il lève un verre dans ma direction, me fait signe d'approcher. Je grommelle.

— Allez, viens, Niels, dit-il avant de se détourner.

Je n'ai pas vraiment d'autre choix que d'obtempérer. Traînant les pieds, je pars m'affaler sur un tabouret haut et retiens ma tête avec une main. Sans quoi, je crois qu'elle va basculer jusqu'à terre !

Wolf dépose devant moi une drôle de mixture, et je lui adresse un regard perplexe.

— Ça va te remettre d'aplomb, m'explique-t-il. Bois.

— Non, merci, ça ira, décrété-je en écartant le truc. Plutôt de l'aspirine.

Dans un haussement d'épaules, il pivote vers le micro-ondes et en retire un bol fumant.

— Café ? propose-t-il.

Je secoue la tête avec précaution. Wolf s'installe face à moi et me contemple très sérieusement. Un moment je me dis que mon père aurait pu me regarder comme ça, si j'avais pu atteindre l'adolescence de son vivant…

— OK, articule-t-il soigneusement. Raconte.

Je préfère fermer les paupières. Raconter ?

— À quoi bon ?

Sa main se pose brièvement sur mon épaule. Je sais ce que ça signifie : regarde-moi. Je m'accorde deux secondes de noir absolu, puis m'exécute.

— Raconte, répète-t-il alors.

Je soupire.

— Ileyna ? m'interroge-t-il.

— Ileyna.

Nous échangeons un long regard. Puis, sans que je l'aie décidé, les mots se bousculent dans ma bouche.

— Elle… Ce n'est plus la femme avec qui je vivais. On se croirait revenus huit ans en arrière, quand elle… Enfin, tu vois…

— Je vois.

Je n'insiste pas. À quoi bon ? Ces pensées me remuent bien trop l'âme. Je préfère orienter le cours de mes réflexions sur des sujets moins tortueux.

— Qu'est-ce que tu fiches là ? grommelé-je. Comment tu es entré ? Pourquoi…

Wolf lève une main pour me faire patienter. Le temps qu'il ingurgite une dose d'or noir, j'ai le sentiment que le peu d'énergie dont je disposais s'est déjà évaporé.

— Primo, daigne-t-il finalement répondre, si tu ne t'étais pas pris une cuite carabinée, t'aurais pas à poser ces questions.

— Wolf…

— Deuzio, puisque tu ne t'en souviens pas, permets-moi de te rappeler que c'est le barman qui m'a téléphoné à ta demande expresse, hier soir !

Sa remarque me vaut un soudain regain de vitalité.

— Quoi ?

Mais qu'est-ce que c'est que cette histoire ?

— C'est à peu près la tête que j'ai faite quand le régisseur est venu interrompre ma prestation pour « affaire personnelle urgente réclamant mon attention », ajoute-t-il en me désignant d'un ample mouvement du bras.

Je percute avec un temps de retard.

— Oh ! merde ! m'exclamé-je en enfouissant le visage dans mes mains.

— Tu l'as dit ! confirme-t-il, implacable.

Je secoue la tête. J'ai merdé. J'ai merdé grave ! Wolf me torture de son silence encore quelques instants. Je finis par poser les yeux sur lui. Et sans doute y lit-il la détresse que je ressens, mêlée à présent à mon remords d'avoir abrégé de la pire manière qui soit son spectacle, car son expression s'adoucit. Lentement, d'un geste qui ne lui ressemble guère, il met la main sur mon avant-bras et se penche.

— Je sais que ce que tu traverses est difficile, Niels, articule-t-il. Mais l'existence ne se résume pas à des passages enjoués et agréables à vivre. Ce qui vous est arrivé à elle et toi est horrible, mais vous êtes vivants. Tout reste possible. Alors, je veux bien que tu t'apitoies sur ton sort un jour ou deux, je veux bien que tu déconnes comme tu viens de le faire…

Je quitte ses lèvres du regard pour me focaliser sur ses yeux. La profondeur que j'y découvre a de quoi perturber n'importe qui. Un éclair y brille, et son expression redevient celle que je connais trop bien : neutre, presque indifférente.

— … Mais pas trop longtemps, achève-t-il.

Se redressant, il termine d'un trait son café et contourne le plan de travail.

— Bien, déclare-t-il. Tu es donc vivant, sur tes deux pieds et apparemment entier. Je n'ai plus rien à faire là.

Je me tourne, pour le suivre du regard tandis qu'il récupère son manteau et l'enfile. Chacun de ses gestes frôle la perfection, aussi bien dans le tempo que dans l'enchaînement. Même ici, même entre nous, il semble en représentation…

— Je serais bien resté plus longtemps, mais je dois envoyer des lettres d'excuse et des billets gratuits pour un prochain spectacle au public d'hier.

Son regard me trouve, me retient, me fusille presque sur place.

— Ne me refais JAMAIS un coup pareil.

Et il me quitte sur ces mots.

Vous ai-je déjà dit à quel point j'étais têtu ? Ileyna pensait que ça frisait l'obstination parfois. Non ? Ben voilà, maintenant, vous êtes prévenus.

Je n'écoute pas Wolf. Bien sûr que non. Bien au contraire. Son attitude autoritaire, ses remontrances paternalistes provoquent en moi un regain de rébellion post-adolescente sans doute malvenu, mais qui me procure une sorte de jouissance éphémère. Dès la fin de l'après-midi, je lui envoie un message pour l'informer que je ne serai pas présent aux prochaines représentations, pour cause de maladie. S'il peste, je m'assure de l'ignorer totalement en éteignant ma tablette. Je quitte mon appartement pour errer dans les rues, frôle l'angoisse absolue en furetant du côté des mauvais quartiers. C'est comme retourner un couteau dans une plaie, c'est néfaste, malsain, dangereux… mais je ne peux pas m'en empêcher. J'oscille entre l'espoir de la croiser et la peur de la découvrir aux mains d'autres hommes éméchés et lourdauds. Retourner chez elle ? Hors de question. Je ne suis pas prêt à affronter le regard éploré de sa mère.

Aussi je me faufile dans les ruelles, j'espionne les

groupes, les bars, les night-clubs… Et je finis, soir après soir, à un comptoir, à m'enfiler shot sur shot pour oublier tant ma frustration que ma peine et mon désarroi.

Pas fou, je m'assure d'avoir un minimum de conscience pour réussir à rentrer chez moi avant que ça dérape de trop. Je refuse que Wolf vienne encore à mon secours et me fasse sa leçon de morale. Soir après soir, je frôle les interdits, je scrute les foules, me laminant le cœur un peu plus à chaque instant. Wolf passe chez moi pour tenter de me parler, je le sais, je le devine. J'ignore les mots dans ma boîte aux lettres, les coups de sonnette à ma porte, les mails multiples. Je déconne grave et je ne m'en soucie pas. Ça dure trois jours, puis cinq, puis dix…

Ça dure, en fait, jusqu'à ce que Soleyne vienne frapper chez moi un samedi matin. De mauvaise grâce, je la laisse pénétrer dans l'antre qu'est devenu mon appart' et referme sur elle.

— Tu as refait la déco ? s'amuse-t-elle face aux habits qui traînent çà et là.

— Ouais, raillé-je. Tu aimes ?

Elle déplace un T-shirt et s'installe sur le canapé.

— Je préférais avant, mais bon…

Elle hausse une épaule, repousse sa masse de cheveux roux sur le côté. Son regard se pose sur moi, critique.

— J'étais venue voir comment tu allais.

— Comme tu peux le constater…

J'écarte les mains, tourne sur moi-même, ironique – fatigué, lassé, blessé de la situation qui s'éternise… Elle me détaille de pied en cap. Elle finit par soupirer et se relève d'un mouvement.

— Parfait. Je voulais te proposer d'aller faire un tour aux Halles avec moi, pour te changer les idées, mais…

— « Aux Halles » ? répété-je, perdu.

— Oui, je sais, reprend-elle en replaçant son sac sur son épaule. Un centre commercial, du shopping… Un truc de filles, rien qui puisse t'intéresser.

Elle soupire à nouveau de façon théâtrale, avant de river sur moi un regard bien trop inquisiteur.

— Je dois y retrouver une amie, je pensais même te la présenter, mais…

— « Une amie » ?

Mon cœur semble avoir accéléré. Est-ce que j'ai bien compris… bien saisi ? Le sourire de Soleyne s'accentue. Et c'est en s'assurant que je ne manque rien de ses mots qu'elle achève sa déclaration.

— Elle a eu un accident et sort de l'hôpital. Ça lui fera du bien de se détendre comme ça. À mon avis, elle pourrait te plaire…

Ses yeux repartent me scanner.

— … Si tu prends une douche et que tu te rases !

Je suis déjà dans ma salle de bains !

Chapitre 17

Deux heures plus tard, douché, rasé, peigné et vêtu d'habits propres, j'accompagne Soleyne dans les allées du grand centre commercial parisien. Mon cœur bat la chamade, mon regard ne cesse de scruter la foule. J'angoisse et tout à la fois je désespère de ne pas la voir apparaître. Elle. Ileyna.

Et, quand je repère sa fine silhouette au détour d'une enseigne, c'est comme si soudain mon horizon s'éclaircissait. Soleyne aussi l'a remarquée. Elle agite le bras, s'élance au-devant d'elle. Moi, je ralentis, les yeux rivés sur elle. Et, lorsque enfin je les rejoins, c'est avec le sentiment de frôler la crise cardiaque.

Le regard si clair, si déroutant d'Ileyna me percute, j'en oublie de respirer.

— Hey, lance-t-elle comme ça. Salut.

Je hoche la tête, la gorge sèche.

— Salut.

— Bon, on y va ? s'impatiente Soleyne.

D'autorité, elle nous attrape les coudes et nous entraîne vers une boutique de fringues. Et même si d'ordinaire j'aurais pesté de poireauter face à des cabines d'essayage durant tout l'après-midi… Pour être à ses côtés, je me découvre prêt à tout supporter.

Et, lorsqu'en fin de journée nous échouons dans un restaurant du coin, chargés de leurs achats, j'ai comme la sensation qu'une bulle vient d'éclater. La proximité d'Ileyna sur cette banquette n'y est certes pas étrangère.

— Quelle journée ! s'exclame Soleyne. Je suis vannée !

— Moi aussi. C'est normal que tout ça soit si cher ? questionne son amie.

Soleyne esquisse une moue blasée.

— L'inflation, c'est comme ça… Ça a beaucoup grimpé en… en neuf ans.

Son regard a fui vers moi un instant.

— Et si on commandait ? lancé-je. Je meurs de faim ! Et je suis certain que vous aussi !

Les deux amies acquiescent de concert, chacune se concentrant sur le menu. Pour ma part, je me décide rapidement, et un coup d'œil me laisse présager le choix d'Ileyna. Elle adore les grillades, c'est toujours ça qu'elle prend, et je suis sûr que ça ne fera pas exception cette fois-ci ! Je trouve confirmation dans l'énoncé de sa commande quelques moments plus tard et ne peux retenir un sourire. Une réaction… qui ne lui échappe pas.

— Quelque chose de drôle à nous faire partager ? me questionne-t-elle, comme à l'ordinaire, un peu provocatrice.

Je secoue la tête.

— Non. Mais j'étais sûr que tu commanderais ça, ça m'a fait sourire, voilà tout.

— Voilà tout, répète-t-elle, dubitative.

Elle joue avec sa serviette, pensive un instant, puis son regard revient s'ancrer à moi.

— Et comment tu pouvais être certain que je ferais ce choix ?

— Tu choisis toujours les grillades ! répliqué-je.

Trop vite. Sans réfléchir à la situation. L'étonnement dans ses yeux me fait prendre conscience de mon erreur.

Et merde !

Ileyna recule le buste, me sonde attentivement. Un silence lourd de non-dits s'abat sur notre table.

— Quoi ? finit-elle par articuler.

— Oh ! c'est bon ! intervient Soleyne avec un regard d'avertissement dans ma direction. C'est moi qui lui ai parlé de tes préférences culinaires, du calme !

Embarrassé, je rentre la tête dans les épaules et laisse les filles à leur bavardage quelques instants. Alors que je suis muet, renfermé dans ce monde sans bruit qui est le mien, j'observe le restaurant. Les clients. Le bar, endroit trop familier à mes yeux. Les tables. La déco. Mes voisines de table. Ileyna. Son profil. Le velouté de sa peau. Ses pendants d'oreilles. Sa chevelure lissée, rassemblée en arrière. La détermination de chacun de ses gestes. Ses lèvres. Ses mains. L'éclat de son regard, soudain prisonnier du mien.

Je cligne des yeux, percute face aux doigts de Soleyne, qui s'agitent devant mon visage.

— T'es avec nous ?

— Euh… Oui. Oui, je…

— Je disais à Ileyna que tu danses ultra-bien.

— Je…

La portée de ses paroles me parvient d'un seul coup.

— Quoi ? m'exclamé-je.

Soleyne penche la tête en un mouvement saccadé, me désignant l'espace central du restaurant. Quelques couples s'y tiennent, enlacés dans ce que je devine être un slow.

— Fais pas ton bêta, relance-t-elle quand je la dévisage de nouveau. Elle meurt d'envie de danser, allez !

J'ose un regard à Ileyna. Un sourire un peu embêté, un brin moqueur, est inscrit sur ses lèvres. Elle hausse les épaules, et je soupire. Puis je lui tends la main… et me prends un électrochoc de fou quand nos peaux se touchent.

Deux minutes plus tard, je m'arrête parmi les danseurs, passablement embarrassé. Ileyna se place face à moi, dans l'expectative.

Et c'est tout à la fois un plaisir et une torture de m'approcher d'elle. Un plaisir et une torture de passer les mains autour d'elle. De l'enlacer. Un plaisir et une torture de la sentir si près de moi. Et de percevoir ses mouvements lents, simples, évolutifs. J'inspire. Son parfum me parvient. Délicat. Fleuri. Il me renvoie des années en arrière. Ma gorge se serre d'émotion. Et, quand je plonge enfin dans son regard, c'est pour m'y perdre en totalité.

— Tu m'as manqué, lâché-je doucement.

Si doucement, en réalité, qu'elle ne peut pas m'avoir entendu. Et pourtant…

— Comment ça ?

Son air perplexe me ramène direct sur terre. Et merde ! Je résiste à l'envie de me frapper le front.

— Je…

— Niels, c'est ça ? articule-t-elle.

Je confirme, soudain nerveux. Car Ileyna s'est figée puis écartée de quelques pas. Car je devine l'orage monter dans son regard. Son caractère impulsif prend le dessus.

Merde !

— OK, Niels, poursuit-elle. Alors tu vas m'expliquer pourquoi tu n'as pas cessé de me fixer de toute la journée ! Et me dire aussi comment tu sais ce que je préfère manger ! Et pourquoi « je t'ai manqué » !

À la lueur dans ses yeux, je comprends qu'elle a haussé la voix. Incertain, je dévie le regard, rencontre celui de Soleyne. Alarmée, elle nous scrute attentivement. Elle est anxieuse. Prête à bondir. Je reviens à Ileyna au moment où son doigt s'enfonce dans mon torse.

— … te ! Allez, réponds !

Je lève les mains pour calmer le jeu.

— Je… Tu… Tu es belle, et…

— Explique ! rage-t-elle.

Les bras à présent croisés, le regard assassin.

— Tu… Tu ne t'en souviens pas…, lâché-je enfin à mi-voix, mais toi et moi, on… avait une vie ensemble et…

Je n'ose achever. Au mouvement qu'elle a fait, je sais que là elle est excédée. Mon indomptée a repris le dessus. Elle se ramasse sur elle-même, recule. Je balance mes derniers mots éperdument, comme on lance un SOS à la mer. Avec désespoir.

— Et on était heureux ensemble, on s'aimait, et…

Son majeur dressé rompt ma déclaration. Furibonde,

Ileyna se précipite à notre table et s'empare de ses achats. Le temps de s'immobiliser face à Soleyne, déroutée, elle disparaît au-dehors. Son amie me jette un regard perdu, et je ne trouve rien à dire, rien à faire. Je ne bouge pas, l'observant se lever à son tour, rassembler ses sacs et partir en courant à la suite de ma belle furie.

Un verre à shot. C'est la seule chose qui occupe mon champ de vision. Un verre à shot. Rempli à ras bord. Est-ce le premier que je bois ? Non, je ne crois pas. Plutôt le troisième ou le quatrième. Je ne sais plus.

Je m'en empare d'une main malhabile, le vide en une longue gorgée. Le feu de l'alcool m'envahit. Il m'emporte plus loin encore de mon corps. Plus loin de cette journée avec elle. De son regard exaspéré. De son départ si brusque. Je pose violemment les coudes sur le comptoir.

Je me souviens avoir erré dans les rues un petit moment en espérant les retrouver. Sans succès. Et avoir fini par échouer ici. Dans un bar.

Un rire creux m'échappe.

— Encore ! lancé-je dans le vide.

Je vois trouble, ça tangue, je manque perdre connaissance. Le barman, en habitué des mauvais teneurs d'alcool, me rattrape et me retient. Ça fait partie du job, la plupart du temps.

— Oh non, tu as assez bu.

— Alors m'en vais ! répliqué-je en le repoussant.

— Tu ne pars pas seul ! me contre-t-il.

— Personne à appeler, baragouiné-je en m'accrochant au comptoir.

— Pas même ta maman ?

— Va chier !

Il rit de ma répartie. Ses airs de gros dur, ses tatouages et les traits de son visage me disent que je n'aurai pas gain de cause. Je déclare forfait et cherche dans mes poches. Lui jette mon portefeuille entre les mains, me rencogne sur mon tabouret. Le gars fouille les cartes et les papiers, finit par dénicher ma liste de numéros d'urgence.

— Pas le premier, lâché-je comme je peux.

Il ne manquerait plus qu'il contacte Ileyna !

Avec un haussement d'épaules, il s'éloigne passer son appel. Il revient rapidement, me rend mon bien.

— Bouge pas, OK ?

J'acquiesce. J'en ai trop dans le nez pour faire un seul pas sans m'étaler au sol de toute façon. Tout en servant ses autres consommateurs, il me surveille. Pro jusqu'au bout. J'en aurais presque envie de rire si je ne me sentais pas aussi mal. Lorsque deux petites mains se posent sur mon bras nu, je sursaute.

Le temps de pivoter et d'accommoder, car ma tête a tourné plus vite que mes yeux, je tombe en arrêt devant une lourde masse de cheveux roux.

— So… Soleyne ?

— Merci d'avoir appelé, déclare-t-elle, et je devine que ça ne m'est pas adressé.

Le barman hoche la tête, en habitué des scènes de ce type, et retourne à ses affaires.

— Allez, viens, Niels, dit-elle, on rentre.

— Qu'est-ce que tu fais là ?

— Je vole à ton secours. Viens.

Et elle m'oblige à me lever. Je tangue sévère et me retiens contre elle.

— Doucement, conseille-t-elle en me faisant avancer. Ça va aller ?

J'acquiesce à gestes prudents. Nous gagnons la sortie péniblement, sous le regard amusé de pas mal de monde. À l'extérieur, un taxi. Soleyne me pousse dedans, s'engouffre à ma suite. Elle donne mon adresse au chauffeur tandis que j'appuie la tête contre la vitre. Lorsque sa main réclame mon attention, je suis tenté de ne pas m'exécuter. Mais bon…

— À quoi ça te sert de faire ça ? demande-t-elle. Ça va pas la faire revenir…

— ’sais…

— Faut que tu arrêtes, Niels. Tu as bien vu comment ça s’est passé tout à l’heure. Wolf est déjà dans tous ses états, quand il a su qu’il fallait venir te récupérer encore une fois…

— Attends, la coupé-je. Il sait ?

— Qu’est-ce que tu crois ? C’est lui qui m’a appelée pour me demander de venir te chercher. Il ne pouvait pas interrompre une nouvelle fois son show.

Intérieurement, je maudis le barman pour n’avoir pas eu plus de jugeote.

— Fais chier ! craché-je.

Je referme les yeux. Le taxi roule dans Paris enténébré, bien trop vite à mon goût. Mon estomac semble avoir oublié de quitter ce bar, et une désagréable sensation remonte dans tout mon corps.

On atteint heureusement mon immeuble avant que ça tourne au malaise général, et je tombe plus que je ne m’extrais du véhicule sur le trottoir. Soleyne règle la course et vient s’agenouiller près de moi.

— Un dernier effort, m’enjoint-elle.

C’est donc avec son aide précieuse que je regagne mes pénates.

Je ne prends même pas le temps d’apprécier le rangement qu’elle a effectué plus tôt, pendant que j’étais sous la douche. Je fonce direct dans ma chambre. Elle me laisse chuter sur mon lit dans un soupir de soulagement. Penchée au-dessus de moi, elle me scrute attentivement.

— Ça va aller ? murmure-t-elle.

— Nan.

— Je sais…

D’un geste délicat, elle écarte une mèche de cheveux de mon front. Ses grands yeux sondent les miens. Je contemple son visage, empreint de tendresse, de douceur…

Puis, allez savoir ce qui se passe dans ma tête d’alcoolique au cœur brisé… Je lève la main, effleure sa joue, puis glisse jusqu'à sa nuque et l'attire à moi. Nos lèvres se rencontrent, ma bouche s'empare de la sienne.

Et tout bascule.

Chapitre 18

Soleyne

C'est plus que ce que je pouvais espérer. Plus que tous mes fantasmes réunis. Niels, là, étendu, abandonné sur son lit. Près de moi. Contre moi. Résister ? Impossible. Déjà dans le taxi, à le sentir si proche de moi, presque accessible soudain malgré sa douleur et sa peine…

J'ai passé des années à le contempler faire les yeux doux à Ileyna. Ce qu'il a pu aimer chez une fille comme elle ? Je n'en sais rien. Volage, frivole, emportée, difficilement contrôlable. Une véritable bombe à retardement ! Je l'ai bien vu encore tantôt !

Elle lui a mené la vie dure pendant vraiment longtemps ! À croire qu'elle ne se calmerait jamais ! Mais, les derniers temps, je dois reconnaître qu'elle avait trouvé une certaine… stabilité. Du moins, leur couple semblait fonctionner, et elle ne le rejetait plus sans arrêt, au moindre accroc.

Je m'étais fait une raison. J'avais beau être face à lui, être présente, souriante, gentille – disponible –, il ne me regardait pas. Il ne me voyait jamais, moi.

Alors, quand j'ai appris qu'Ileyna avait eu cet accident, quand j'ai compris qu'elle avait vraiment remonté le temps dans son esprit, oublié toutes ces années avec lui, à grandir, à s'affirmer, à créer leur couple, quand elle l'a repoussé, il y a quelques heures à peine… j'ai pris une décision. Celle d'être là, d'être cette épaule sur laquelle il pleurera, celle qui l'écoutera ressasser tous ces beaux moments qu'ils ont vécus ensemble. Je serai celle à ses côtés lorsqu'il ouvrira les yeux et abandonnera définitivement tout espoir de la reconquérir. Même si je dois admettre que la présence de Niels a fait du bien à Ileyna, je ne peux constamment faire abstraction de ce que moi j'éprouve.

Alors, quand je l'ai vu, là, seul, triste, complètement bituré, que j'ai dû le tenir contre moi, l'aider à rejoindre son appart', sa chambre – leur chambre – et que j'ai échoué contre son torse, le visage si près du sien…

J'ai saisi l'occasion. Celle de concrétiser mon désir, mes envies. J'ai happé ses lèvres, embrassé sa bouche, caressé ses cheveux, sa peau. Je me suis lovée contre lui, ai accepté sa main sur mon corps, l'ai laissé partir à la découverte de mes pleins et de mes creux. Je n'ai opposé nulle résistance à ce qu'il me déshabille, à ce que ses lèvres courent sur ma poitrine, sur mon ventre, à ce que ses doigts glissent sur mes cuisses.

Bien au contraire. Le désir m'envahissait délicieusement. Je frémissais d'envie. Même dans mes rêves les plus fous, je n'avais osé imaginer une telle chose. Que Niels me caresse, m'aime comme il le faisait. Et voilà qu'elle devenait réalité.

Voilà que nous étions peau contre peau, mes mains partaient à la découverte de lui – son torse, ses muscles réguliers, si bien dessinés, ses bras, tout en fermeté, son ventre, si dur, si réactif… Ses jambes, longues, puissantes… Son sexe brûlant, ardent, fièrement dressé.

Lorsqu'il m'a fait rouler sur le lit, pour s'étendre sur moi, lorsque sa bouche a glissé dans mon cou, sur ma poitrine, lorsque je l'ai senti palpitant contre mon intimité, toutes mes barrières ont cédé.

J'ai écarté les cuisses, oubliant toute prudence, et l'ai invité à venir s'enfouir au fond de moi. Il s'est exécuté avec une vigueur qui démentait son état d'ébriété… m'a prise avec fougue, avec force… m'a fait crier ma jouissance et mon plaisir à la perfection, si bien qu'en sombrant dans l'inconscience au creux de ses bras, rassasiée de sexe et de bonheur, je me suis un instant demandé si en réalité je ne rêvais pas.

Seulement voilà. Un jour nouveau se lève par-delà les fenêtres de cette chambre, et je suis étendue dans son lit. Ma peau contre son corps dénudé.

Et je sais que je n'ai pas rêvé.

Chapitre 19

Niels

Dans mon esprit surnage une étrange et troublante sensation. Celle d'avoir fait une énorme bourde. J'ouvre un œil vaseux. Malgré la lumière matinale qui m'agresse et cherche à se frayer un chemin jusqu'à ma boîte crânienne pour la torturer, je reconnais ma chambre.

OK. Je suis chez moi. Mais les circonstances dans lesquelles je suis revenu du bar où je suis entré pour noyer mon dépit et la douleur de mon cœur jusqu'à mon lit m'échappent totalement. Je soupire. Avant d'identifier quelque chose d'autre, de dérangeant – une présence à mes côtés.

Ileyna !

Je pivote la tête vivement, trop vivement sans doute, des éclairs fusent un peu partout. J'en grimace. Mais rien au monde ne m'arrêterait dès qu'il s'agit de Ley. Mon regard se tourne vers l'autre moitié du lit, et je blêmis.

Des boucles rousses gisent éparses sur l'oreiller. Une épaule pâle émerge des couvertures. Et deux yeux dorés me contemplent, remplis d'espoir. Rien à voir avec ceux si clairs d'Ileyna, sa chevelure sombre, sa peau caramel.

— So… Soleyne ?

Je me redresse sur un coude, effaré. Un peu déboussolé et angoissé aussi, je le reconnais.

Bordel, mais qu'est-ce qu'elle fait là ?

— Bonjour, toi, me disent ses lèvres pleines.

Je recule d'un mouvement des hanches, et le frottement des draps me fait réaliser une chose supplémentaire : je suis nu ! Absolument, totalement nu !

Nom de Dieu !

— Soleyne ? répété-je un peu bêtement. Qu'est-ce que…

Pour toute réponse, l'amie d'Ileyna se coule vers moi. Je résiste à l'envie de la repousser ou de m'écarter plus encore d'elle, quitte à tomber du matelas. Un frisson désagréable me traverse quand elle pose l'extrémité de son doigt sur mon torse.

— On t'a déjà dit que tu étais un amant exceptionnel ?

Là, je suis mal. Super mal ! Elle est vraiment sérieuse ? Je la considère d'un air perdu. Est-ce que j'ai… avec elle… ?

Bordel, j'ai quand même pas fait ça ?

— Soleyne, mais…

Son doigt sur ma bouche m'incite au silence. Et ce simple contact, si léger, si furtif, réveille dans mon cerveau encore embrumé un milliard d'images pour le moins torrides. Je pense que ma mâchoire inférieure s'affaisse sur le coup.

Oh ! bordel ! J'ai couché avec elle !

Le plafonnier clignote soudain. Il m'offre l'échappatoire parfaite à ce rapprochement et m'empêche de poser une question particulièrement déplaisante qu'elle n'appréciera sans doute pas d'entendre.

— Je… Tu restes là, exigé-je en glissant hors des draps.

Je trouve à tâtons un slip et mon T-shirt, enfile le tout à la hâte et me propulse hors de la chambre plus vite encore !

J'ouvre la porte tout en rajustant mon T-shirt sur mon torse et me fige en découvrant Wolf dans l'encadrement.

Magnifique ! La journée commence bien, y a pas à dire !

— Euh…

— Ça va ? me questionne-t-il d'emblée.

— Je… Ouais, ça baigne, c'est…

— Le barman d'hier soir semblait penser que tu étais très mal en point, poursuit-il en entrant de lui-même dans l'appart'. J'ai préféré envoyer Soleyne pour te raccompagner, ça me paraissait plus prudent.

— Euh, oui…, réponds-je en refermant derrière lui. Oui, mais ça va.

— Vraiment ? Tu vas donc reprendre ton poste au spectacle ?

Merde !

Je hausse une épaule, incertain.

— Je sais pas encore. C'est un choc, tout ça, et…

Le regard de Wolf me quitte alors pour se fixer quelque part derrière moi. Il fronce les sourcils, marque un temps d'arrêt.

Oh ! non…

Je pivote lentement, juste afin de confirmer mes pires craintes. Soleyne se tient au débouché du couloir, enroulée dans mon drap d'une manière fort… suggestive.

— Je m'inquiétais pour toi, enchaîne Wolf quand je reviens à lui. Mais visiblement je ne devrais pas. Tu me sembles… entre de bonnes mains.

Nerveusement, je malmène mes cheveux.

Merde ! Trois fois merde !

— Je ne vais pas te déranger plus longtemps, conclut mon mentor en regagnant la porte.

Je le suis d'un pas vif, et tant pis pour le mal de crâne !

— Wolf ! appelé-je en sortant sur le palier.

Je prends soin de repousser la porte sur moi. Si je suis sourd, ça n'est pas le cas de tout le monde, ici.

— Écoute, Niels, m'interrompt-il. Tu es majeur, tu fais ce que tu veux de ta vie. Je te pensais plus remué que cela par ce qui est arrivé à Ileyna mais, si tu te sens apte à passer à autre chose, je devrais t'en féliciter.

— Non ! Écoute, c'est… C'est arrivé mais…

— Tu vas me dire que c'était une erreur, peut-être ? rétorque-t-il.

Le mot me frappe de plein fouet. Était-ce une erreur ? Son regard se plante dans le mien, impitoyable. Il ne me laisse pas le temps d'approfondir la question, et je reviens à l'essentiel sur-le-champ.

— J'ai dérapé, concédé-je. Ileyna est tout pour moi. Mais elle me repousse. Elle m'a oublié et elle ne semble pas avoir envie d'apprendre à me connaître une nouvelle fois…

Façon comme une autre de résumer mon désastreux après-midi à ses côtés… Il hoche la tête d'un air entendu. Son regard se fait plus soucieux.

— Ileyna a toujours eu un caractère de feu. Tu l'as assagie, c'est certain. Mais je comprends que ce ne soit pas évident.

Il soupire, avant de poser une main ferme sur mon épaule.

— Écoute, elle ne me repousse pas pour le moment. On se fréquente depuis très longtemps, je pense que c'est pour ça. Je lui parlerai si tu veux. Peut-être que si elle accepte de te côtoyer tu sauras de nouveau la rendre folle de toi ?

Là, j'ai comme un sérieux doute. Après sa réaction d'hier soir, je ne suis pas certain que l'idée fonctionne. Mais bon… Ça ou rien…

— Oui ! Oui, si tu…

— Toi, pendant ce temps, me coupe-t-il, désignant du pouce ma porte d'entrée, tente de régler délicatement ce… problème. Elles sont amies, ne l'oublie pas.

J'acquiesce, troublé.

— OK.

Régler le « problème » Soleyne. Plus facile à dire qu'à faire.

Je réintègre mon domicile, passablement perplexe. Alanguie sur le canapé, dans une tenue quelque peu plus décente que mon drap enroulé autour d'elle, mon « invitée » attend que je m'intéresse à elle. Je la contemple fixement trois courtes secondes, avant de battre en retraite dans ma salle de bains. Porte close, verrouillée, je prends un instant pour souffler mine de rien. La situation me perturbe totalement. Les propos de Wolf chatouillent ma conscience.

Passer à autre chose… Comment en serais-je seulement capable ? Ileyna est tout pour moi. Tout !

J'enclenche la douche, m'y coule. Le jet me martèle les épaules sans douceur aucune. Pile ce qu'il me faut pour me débarrasser des ultimes relents de la nuit.

Je soupire.

Insidieusement, le visage de mon « invitée » revient danser devant mes yeux. Passer à autre chose… avec elle ?

Soleyne a toujours représenté une amie fidèle et enjouée dans l'environnement d'Ileyna. Mais de là à envisager une relation avec elle…

Une voix pernicieuse susurre à mon oreille tandis que je lève la tête, et l'eau frappe mon torse avec vigueur.

Elle ne te repousse pas, elle…

En effet. Soleyne ne m'a pas repoussé, contrairement à Ileyna. Mais est-ce pour autant un argument pour « passer à autre chose » ?

Rayer Ileyna de ma vie ? Définitivement ?

J'expire bruyamment. Bascule la température sur le froid. Cela me saisit sur-le-champ. J'étouffe un cri, me mords la lèvre.

Passer à autre chose… Tirer un trait sur notre histoire, refaire ma vie, sans elle.

J'appelle à moi le regard si clair, si perturbant, de Ley. Y plonge comme on se noie de désespoir. Y confronte les émotions qui m'assaillent…

Non.

Non, je ne peux pas l'abandonner comme ça. Non, je ne peux pas tourner cette page de mon existence de cette manière. Pas comme cela. Pas dans ces circonstances pour le moins… particulières.

Je me savonne, me rince, quitte la douche.

Après avoir scruté mon reflet dans le miroir, je considère mes options. Mettre un terme à huit années de vie commune et débuter une relation avec une autre fille… ou me battre pour reconquérir ce que j'avais.

Je lis ma décision au fond de mon propre regard.

Le temps d'enfiler un jean et un polo, je me retrouve face à ma troublante invitée. Elle est présentement occupée à feuilleter le carnet de notes que j'ai laissé traîner sur la table basse, et qui a réchappé à son rangement d'hier, un mug fumant en main.

— Café ? me propose-t-elle en le levant lorsqu'elle m'aperçoit.

Je décline d'un geste de la tête. J'avance, prends place face à elle. Mes doigts noués témoignent de ma nervosité. Je ne sais comment aborder les choses… Comment dire que, somme toute, ça n'aurait jamais dû arriver ?

— Soleyne, débuté-je, incertain. Je… Écoute, je n'ai pas vraiment de souvenirs de cette nuit, tu sais…

— Vu comment tu étais imbibé, répond-elle légèrement, le contraire aurait été étonnant. Mais ne t'inquiète pas : tu as assuré comme un dieu.

Gloups ! Merci !

Je passe la main dans mes cheveux encore humides, une boule dans la gorge.

— Tu en es où de ton spectacle ? demande-t-elle.

Je hausse une épaule. Tout à mon mal-être amoureux, je ne me suis pas beaucoup consacré à ce projet.

— Je n'ai… pas vraiment eu le temps de m'en occuper.

— Mais la salle est bien réservée ?

— Oui…

— Alors qu'est-ce que tu attends ?

« Qu'Ileyna me revienne », ai-je envie de répondre. Mais je doute que ce soit ce qu'elle veut entendre.

— La bonne idée, marmonné-je pour moi-même.

— Ce sont tes suggestions ? relance-t-elle en désignant mon carnet.

J'acquiesce. La conversation est en train de prendre une tournure qui n'a rien à voir avec le problème que je veux résoudre.

Merde !

— Juste des idées posées comme ça. Rien de vraiment exploitable.

— Elles sont bien pourtant, je…

— Sans doute, la coupé-je fermement.

Si je ne me décide pas, on va éviter le sujet jusqu'à la fin des temps !

— Soleyne, écoute… Je suis désolé.

Elle relève les yeux vers moi d'un air interrogateur.

— Pour cette nuit.

Une ombre passe sur ses traits. Je m'en veux de la peine que je vais sans nul doute provoquer, mais je préfère encore ça à faire semblant. Soleyne est une fille sympa. Elle ne mérite pas de souffrir.

— Je sais que ça a été bien, nous deux, là… Mais… Mais ça ne peut pas avoir de suite, tu comprends ?

— Niels…

Intérieurement, je me traite de tous les noms. Je ne suis qu'un abruti sans cervelle ! Comment j'ai pu me laisser aller à en arriver à ce genre de situation extrême ? Les soirées biturées, c'est fini ! FI-NI !

— J'aime Ileyna de tout mon cœur, insisté-je le plus doucement possible. Je t'apprécie beaucoup, tu le sais, mais il n'y aurait rien eu si je ne m'étais pas enivré comme ça.

Soleyne baisse les yeux, perdue, pensive. Peut-être en train d'essayer de contenir ses larmes. Je me retiens d'aller m'asseoir à côté d'elle. Je crois que j'ai fait assez de mal comme ça.

— Je suis désolé, ajouté-je.

Elle se contente de hocher la tête, avant de refermer le carnet et de poser son mug sur la table.

Lentement, elle se lève. Ses yeux viennent me trouver, profonds, troublants. J'y décèle une peine certaine, qui me poignarde le cœur.

— Pardon.

D'un geste, elle écarte mes mots.

— Ne t'en fais pas. C'était bien, voilà tout.

En quelques mouvements rapides, elle a rassemblé ses affaires, enfilé ses chaussures.

— Soleyne…, tenté-je encore.

— Ne t'inquiète pas, Niels, je ne vais pas aller me jeter depuis le pont Saint-Louis.

La main désormais sur la poignée de la porte, elle m'offre un dernier regard.

— Tu es un mec bien. Si tu as besoin d'aide, de soutien, tu peux compter sur moi, tu le sais ?

J'acquiesce.

— Je le sais.

Avant que je puisse ajouter autre chose, elle est déjà partie. Je pousse un énorme soupir, puis fourrage de nouveau dans ma chevelure.

Nom de Dieu ! Fini les beuveries !

Mes yeux parcourent les lieux, avant de s'arrêter sur mon carnet à idées. Là sont réunies de nombreuses suggestions et propositions de tours d'illusion, et certaines sont marquées d'un post-it coloré. Ce sont les quelques possibilités que j'avais retenues pour mon spectacle.

Avec lenteur, je tire à moi le cahier, le retourne, l'ouvre. En fais défiler les pages. À mesure que je liste les idées que j'avais sélectionnées, quelque chose se forme dans mon esprit. Comme les fragments d'un puzzle décomposé qui s'assemblent peu à peu et précisent doucement l'image représentée.

Je me lève soudain, mû par un électrochoc. Je crois bien avoir trouvé comment tenter d'approcher Ileyna – et dans le même temps comment organiser mon spectacle.

Chapitre 20

Objectif : reconquérir le cœur d'Ileyna.

Méthode : la faire retomber amoureuse de moi.

OK. Sur le papier, vous me direz, ça paraît incroyablement facile. Dans les faits, ça l'est un petit peu moins, car je sais comment elle réagit.

Mon avantage ? Je la connais, et bien.

Ma faille : elle a tout oublié de moi et ne semble pas désireuse qu'on se rapproche à nouveau.

Voilà donc pourquoi je prends quelques jours pour mettre mon plan à exécution. Déjà, parce que Soleyne, malgré ses belles paroles, paraît décidée à s'accrocher à moi, et mes réponses à ses messages sont délicates à chaque fois. Ensuite, parce que Wolf ne me lâche pas vraiment avec son spectacle et ses répétitions. J'ai un contrat avec lui, quelque part je suis tenu de le respecter. Donc je fais avec, mais le cœur… n'y est plus vraiment.

Mon propre spectacle, me direz-vous ? On verra, j'ai plus urgent à gérer : retrouver ma fiancée. Tout au plus noté-je parfois quelques idées, quelques enchaînements quand j'ai un instant. Le reste du temps je réfléchis à une façon d'aborder ma dulcinée, sans qu'elle me repousse.

Puis, finalement, je me décide. Un matin, je quitte l'appart' pour aller rôder du côté de chez elle. Je sais, c'est moche, mais je n'ai pas d'autre choix pour repérer ses habitudes et pouvoir me réinsérer doucement dans son existence.

Jadis, on s'est connus parce qu'elle venait sur mon lieu de travail, mais à présent… Si je veux revenir dans son monde à elle, je dois trouver comment y entrer sans heurt. Comme avant…

Quelques jours de filature me permettent de connaître à peu près son emploi du temps… et de commencer à me placer, innocemment, sur ses trajets réguliers ou dans des endroits qu'elle fréquente.

Et croyez-moi, c'est un vrai crève-cœur que de la côtoyer ainsi sans aller plus loin – sans l'approcher, sans lui parler, sans la toucher, sans l'embrasser.

Je sais pertinemment qu'elle m'a repéré. Ses regards, souvent, se posent sur moi. Oh ! guère longtemps, l'espace d'un instant tout au plus. Puis ils repartent et dérivent ailleurs… mais elle m'a vu. Et moi, je la contemple, sans mot dire.

Que ce soit dans la rue, dans le métro, au restaurant ou, comme ce soir, dans ce night-club.

Elle est rarement seule, cela, je l'ai constaté. Ses anciennes fréquentations, guère recommandables, ne sont jamais loin, et rien que cela m'interdit en quelque sorte de tenter quelque chose. Et, lorsqu'il s'agit de Soleyne, je préfère battre en retraite et revenir plus tard…

Bref, en gros, je me contente de rester à proximité et d'être visible si elle daigne regarder autour d'elle.

Un soupir m'échappe. Je résiste à l'envie de lever la tête, de scruter la foule. Ce soir comme de nombreux autres soirs, j'ai pris place au tabouret d'un bar d'un night-club, un Virgin devant moi. Depuis cette désastreuse expérience avec Soleyne, je ne touche plus à l'alcool. Je refuse de finir dans les bras d'une autre fille, avec en prime le risque qu'elle me voie comme ça…

Tout juste si je n'ai pas été brûler un cierge pour que Soleyne n'aille pas confier ses ébats à sa meilleure amie.

J'ai vraiment été crétin sur ce coup-là !

Je résiste à l'envie de pivoter, de la chercher là, parmi

les danseurs, ou dans quelque recoin du club. J'aimerais la contempler… mais j'ai peur de ce que je pourrais découvrir.

La voir au bras d'autres hommes est une torture sans nom ; cependant, je m'astreins à ne rien manifester des émotions qui me dévorent de l'intérieur. L'autre fois – l'unique fois – m'a servi de leçon. Je sais que je ne trouverai pas le chemin de son cœur ainsi.

Dans un soupir las, je porte le verre à mes lèvres. Ce soir, comme de plus en plus souvent, j'ai obtenu de Wolf un congé. Je prétexte mon propre spectacle à organiser et argue que ça lui permet de former un nouvel assistant. Je ne compte pas rester éternellement dans l'ombre de son show : j'ai le mien à créer tout entier.

Enfin… Plus tard. Ma priorité, pour le moment, c'est ma fiancée.

Nouvelle gorgée douce-amère. Ce n'est pas en demeurant assis là que la situation changera en ma faveur. Je finis par me redresser, me blindant d'avance vis-à-vis de la scène que je risque très probablement de découvrir lorsque je me retournerai : Ileyna, au corps-à-corps avec je ne sais quel imbécile sans cervelle.

Comme tant d'autres fois avant ce soir.

Résigné mais déterminé malgré tout, je pivote… et me fige.

À quelques mètres de moi à peine, si près à vrai dire qu'en étendant le bras je pourrais la toucher… Elle. Ley. Elle me dévisage, immobile à l'orée du parquet, une ombre de perplexité dans les yeux. Je n'hésite pas même un instant – avec elle, je l'ai appris depuis longtemps, ce n'est pas la chose à faire. Mon regard accroche le sien et ne le quitte plus. Je soutiens la passe d'armes, attendant quelque chose… qui ne tarde pas à se produire.

D'un mouvement d'épaule, elle repousse ses cheveux en arrière et s'avance de quelques pas jusqu'à moi.

— Dis donc, toi, tu me suivrais pas, par hasard ? lance-t-elle.

À la tension de sa gorge, je devine qu'elle a dû parler très fort. Je secoue la tête, amusé malgré moi de ce caractère frondeur que j'ai appris à adorer.

— En réalité, pas vraiment, débuté-je lentement.

Je m'astreins à me montrer impassible. Ileyna est impulsive, elle démarre au quart de tour. Et c'est la première fois en de nombreuses semaines, depuis cette virée au centre commercial en réalité, qu'elle daigne accorder un intérêt à ma présence. Alors j'y vois comme un signe d'amélioration de la situation… Ce que je me refuse par-dessus tout à gâcher.

— C'est ça ! réplique-t-elle en croisant les bras.

Son menton dressé fièrement m'arrache un sourire et me poignarde tout en même temps le cœur. Cet air déterminé, un peu effronté, je le connais très bien. Et, pour tout vous dire, je l'adore !

Je résiste à l'envie de tendre la main pour frôler sa peau du doigt et hausse une épaule.

— Je te jure, répliqué-je avec douceur.

En aucun cas je ne veux qu'elle se sente agressée ou acculée. Sans quoi elle fuira pour de bon.

— Vois-tu, continué-je en désignant le lieu, toi et moi, avant, on fréquentait les mêmes endroits.

Inutile de feindre de ne pas la connaître, de ne rien avoir vécu avec elle. Elle l'a compris, à mon avis, dans les quelques mots que j'ai lancés dans ce restaurant…

— C'est donc un peu logique que…

— Mais bien sûr ! m'interrompt-elle. Si tu…

La suite de sa phrase se perd dans le mouvement qu'elle fait pour observer autour d'elle. Peu importe. Je pense avoir saisi l'essentiel. Ileyna finit par poser de nouveau le regard sur moi, en mode furie énervée. Mon sourire s'accentue.

— Arrête de te foutre de moi ! rage-t-elle.

— Jamais je n'oserais !

— Je t'ai dit d'arrêter !

Je lève les mains en signe de reddition, elle croise les siennes sur sa taille. Butée, ma fiancée, avec un caractère de feu. Indomptée. Indomptable et si belle… J'évalue la situation un quart de seconde, avant de tenter une approche. Quelques pas, trois, guère plus, et j'arrive à sa hauteur. Ileyna suit mes mouvements, une lueur au fond des yeux, mais ne se dérobe pas.

— T'es pas venue ici pour faire la tête toute la nuit, si ? lancé-je lorsque je l'ai enfin rejointe.

Et cette proximité m'affole tout entier.

— Quoi ?

— On est dans un night-club. Tu comptes bouder jusqu'au petit matin ?

Ma réplique la surprend. Je devine son hésitation. L'envie de me rétorquer une phrase bien sentie la démange, autant que celle de se défendre.

— Non, je… Et puis d'abord…, finit-elle par s'exclamer.

Je ne lui laisse pas l'opportunité de continuer.

— C'est ce qu'il me semblait. Viens.

Je la dépasse sans ajouter un mot. Le temps qu'elle pivote pour me suivre des yeux, j'ai happé sa main et l'entraîne sur la piste. Surprise sans nul doute, Ileyna ne m'oppose cependant aucune résistance.

Je m'insère dans la foule des danseurs survoltés. Malgré leur nombre et la densité du martèlement du sol, je discerne déjà les basses et les vibrations qui se propagent depuis les baffles. Une sensation plutôt unique, que j'associe toujours à Ileyna.

Le *dancefloor* est conducteur de ces perceptions, ici je les ressens plus pleinement que partout ailleurs.

D'un geste circulaire harmonieux, j'amène Ileyna à me faire face. Nous nous contemplons quelques instants, puis je laisse la musique m'emporter et se déverser en moi. Étonnée, peut-être sceptique, je ne sais pas, Ileyna m'étudie encore un moment avant de lentement commencer à bouger en rythme.

J'utilise ses mouvements et ses réactions pour combler les manques de ma propre perception de la mélodie plutôt trash d'après les stroboscopes. Et c'est ainsi que je gagne la première manche de la reconquête de ma fiancée : en dansant sur une musique endiablée avec elle, sans presque jamais la toucher.

Nos corps se frôlent, s'épousent, se répondent et s'opposent tour à tour au fil des harmoniques et des changements variés. Ileyna est une liane souple qui tourne autour de moi. Elle se déhanche, s'imbrique contre moi, avant de s'écarter, féline, presque sauvage, divinement tentatrice… Divinement sublime.

Depuis huit ans que je la fréquente, j'ai appris à danser avec elle, contre elle, dans une synchronisation que seul le temps octroie. Mes mouvements à moi complètent les siens, en initient d'autres, lui suggèrent des réponses corporelles tout à la fois belles et adaptées à la musique, au lieu, à nous deux…

Et, si son esprit ne s'en souvient pas, ses muscles, eux, ont tendance instinctivement à la porter vers ces répliques que nous avons construites peu à peu, au fil des années.

Je devine la surprise dans son regard, et quelque chose d'autre aussi. Cela ressemble à du plaisir ou à une satisfaction un peu incrédule, mais qui la comble de joie. Je m'interdis de la laisser s'interroger plus avant sur la situation, l'entraîne plus loin dans la danse, plus près de moi, plus…

Lorsque son doigt frôle mon bras et qu'elle l'utilise comme pivot d'un mouvement rotatif, je me fige. Ileyna me contourne, effectuant un cercle complet dont je suis l'épicentre, puis se replace face à moi.

En cet instant, il me semble que plus rien d'autre n'existe que nos deux regards qui se parlent, qui se découvrent. Je ne respire plus. J'attends. J'espère je ne sais quoi – un miracle peut-être.

Puis, lentement, sa main glisse vers mon coude, dérive sur mon torse. Ses yeux ont quitté les miens pour suivre l'arabesque qu'elle décrit du bout de l'ongle. Elle paraît fascinée. Lorsqu'elle revient à mon visage, quelque chose a changé. Mais je ne saurais dire quoi.

Elle sourit, un peu hésitante, totalement affolante, avant de hausser une épaule et de reculer.

L'instant de grâce a pris fin, je le comprends avec brutalité.

— Merci pour la danse, me lance-t-elle.

J'observe sa silhouette disparaître parmi les danseurs, l'esprit complètement chamboulé.

Chapitre 21

Ileyna. Son prénom s'accroche à mes lèvres alors que je rentre chez moi. La soirée m'a laissé comme un goût d'inachevé, mais en même temps… j'ai la sensation d'avoir franchi une étape importante.

Ileyna. Après des semaines de frustration à ne pouvoir la contempler que de loin, à ne pas pouvoir l'approcher ni même lui parler… Après tout ce temps à me morfondre, à m'enivrer pour l'oublier, la voici qui fait le premier pas vers moi.

Ma fiancée est curieuse, je le sais parfaitement. Me voir rôder autour d'elle aura piqué son intérêt, provoqué son attention… et mené à cet échange, bref mais intense, entre nous.

Le premier d'une longue liste, je l'espère, qui viendra se raccorder à tous ceux que nous avons vécus jusqu'à présent.

Mais dans l'immédiat la fatigue me rattrape, et je n'ai plus qu'une envie : retrouver mon lit. Je m'y écroule de tout mon long. Le reste de ma nuit est peuplé de rêves insolites, où la main de Ley dans la mienne m'entraîne à sa suite parmi les danseurs, jusqu'au-dehors… Jusqu'à ce recoin caché aux yeux du monde, où sa bouche dépose sur la mienne un baiser aérien.

J'émerge en fin de matinée, animé d'un regain d'énergie. J'ai réussi à capter l'attention d'Ileyna, et pour moi ça signifie que tout peut recommencer. Que rien n'est perdu.

Mon horizon prend soudain de nouvelles dimensions, et je me retrouve finalement assis sur mon canapé face à mon carnet de notes.

Un stylo en main, je compulse mes idées, teste les enchaînements mentalement, sans trop même réaliser ce que je fais. Ce n'est que lorsque je suis devant ma boîte à miracles, avec mes accessoires étalés, et que j'entreprends un premier tour face à mon reflet que je percute ce que je fais.

Je prépare mon spectacle ! Notre spectacle !

Et les tours que j'ai sélectionnés, ceux dont j'expérimente la progression, la cohérence et la concordance, sont tous reliés à mon indomptée : ce sont ceux qu'elle m'a inspirés, ceux sur lesquels j'ai travaillé avec elle, ceux pour lesquels elle s'est enthousiasmée.

Et, à bien y regarder, il y a dans l'idée que j'ébauche avec autant de concentration l'empreinte de Ley un peu partout.

Je plonge dans mon propre regard, le temps de sonder mes motivations.

— Mais qu'est-ce que tu es en train de faire, mon pauvre vieux ? me demandé-je à moi-même.

La solitude et être orphelin ont ceci de bon – et d'atroce – que personne ne me répond. Je m'étudie encore un instant et, d'instinct, achève l'illusion.

La rose que je contemple, et dont je disperse un à un les pétales en confettis évanescents, ne m'apporte elle non plus aucune réponse, et pourtant…

Pourtant, j'y puise une détermination renforcée.

C'est en définitive le plafonnier clignotant qui me tire de ma transe créative. Je relève les yeux de mes accessoires, un peu déboussolé. Rapide regard à la pendule : je suis plongé dans mon monde d'illusion depuis plus de trois heures.

Lorsque je repose le jeu de cartes que je tiens en main, il me semble émerger d'une longue apnée.

Quittant la pièce, je gagne la porte d'entrée et ouvre.

Le visage soucieux et gêné d'Isabel me fait face avec une brutalité qui me laisse un instant désemparé.

— Niels, lance-t-elle.

À son air, je la devine dans le même état que moi. Quelques secondes de silence embarrassé s'interposent entre nous, avant que je recule pour lui libérer le passage.

— Un café ? proposé-je.

La voir dans mon salon fait monter le stress ambiant. Isabel et Feliciano sont venus maintes fois ici depuis que nous y habitons… Mais jamais sans Ileyna. Son absence et les circonstances de cette séparation rendent ce type de rencontre d'autant plus douloureux.

— Merci, acquiesce-t-elle.

Tandis qu'elle prend place sur le canapé, raide, mal à l'aise, je file m'activer en cuisine. Je reviens rapidement avec le nectar noir, m'installe face à elle. Le temps de l'étudier quelques secondes, je décide de me jeter à l'eau. Je n'ai rien à perdre de toute façon.

— Un souci ?

— Ça dépend, répond-elle.

À dessein, elle laisse le silence perdurer. Penchant la tête, elle s'octroie une gorgée, longue, qu'elle savoure les yeux clos. Lorsqu'elle les rouvre, c'est pour se focaliser sur moi directement.

Isabel est à l'image de sa fille : surprenante, à plus d'un titre. Sa douceur apparente dissimule un caractère bien trempé. Elle sait ce qu'elle veut, se donne les moyens d'y parvenir, tout en subtilité. Je l'ai appris il y a bien longtemps déjà. Et j'ai conscience que face à elle j'ai peu de chances de m'en sortir, si d'aventure sa requête ne me convient pas.

— Depuis sa sortie de l'hôpital, attaque-t-elle, Ileyna est suivie par un psychologue. Tu te doutes que les séances sont quelque peu…

— Chaotiques ?

— En quelque sorte. La plupart du temps, elle est seule avec le praticien, mais il arrive qu'il nous demande d'y assister et de participer.

Son regard revient se planter dans le mien, et je crois y déceler comme une fugitive lueur de tristesse. Je n'ose imaginer ce qu'elle doit éprouver.

— Ma présence est requise ? suggéré-je.

Isabel baisse les yeux. Moi, j'essaye d'anticiper ce qui va suivre, afin de me préparer au pire. S'apprête-t-elle à me demander de m'éloigner de sa fille pour la préserver ? J'ignore si je pourrais m'y résoudre.

— Oui… et non, répond-elle enfin.

Ses mains s'enroulent autour de sa tasse, comme s'il s'agissait de son ultime point d'ancrage au monde tangible. Quelque part, j'ai envie de la réconforter, de lui dire que tout ira bien, mais ça serait comme mentir tant je n'en sais rien. Aussi je me tais, la laissant dérouler le fil de ses explications.

— Le médecin a commencé à évoquer plus en… détail ses années perdues, et… ton nom a été prononcé.

Je me crispe.

— Il estime que toi et elle, vous devez vous voir, parler…

— C'est Ileyna qui n'a aucune envie de m'approcher, contré-je sur-le-champ.

Elle approuve, s'octroie du café pour gagner du temps.

— Cela aussi a été… mentionné. Il pense que si elle avait accès à cet endroit…, reprend-elle en désignant le salon, et à ses affaires, tout ce qui peut lui ramener des souvenirs…

Ses yeux partent se perdre du côté des photos disséminées un peu partout, et je l'imite. J'égrène un par un les rappels tangibles de notre existence ensemble : des clichés de nous deux, d'elle, de moi, des paysages de nos séjours çà et là ; mais aussi des petits riens, un saladier qu'elle a acheté, la statuette que je lui ai offerte pour son anniversaire… Autant d'éléments qui composent le ciment palpable de ce qui a été notre existence.

— Je croyais qu'il fallait lui éviter un choc psychologique supplémentaire ?

Je ne peux pas m'empêcher de le mentionner. Après

tout, c'est avec cet argument que son époux m'a écarté de sa fille, à l'hôpital. Du reste, Isabel esquisse une moue de regret.

— En ayant parlé avec elle avant… et en l'ayant préparée à… tout ça…, se justifie-t-elle du bout des lèvres.

Je m'accorde un instant de réflexion. Non pas que j'en aie besoin. Mais pour bien assimiler ce qui m'a été dit.

— Bien sûr, déclaré-je finalement.

Étonnamment, ma gorge est nouée.

— Tu es certain ? insiste Isabel.

L'espoir au fond de son regard me fait mal – sans doute parce que je sais pertinemment que le même éclat brille dans le mien. J'acquiesce.

— Oui. Je vais préparer des affaires à elle. Peut-être qu'elle voudra les… les prendre avec elle.

— Merci, Niels.

Même sans entendre le son de sa voix, je devine que le remerciement n'est pas feint. J'esquisse un sourire crispé.

— Elle n'a qu'à passer demain, si elle veut, ou un autre jour…

— Je vais le lui dire. Je t'indique la date au plus vite.

Isabel est déjà levée et prête à partir comme si sa vie en dépendait. Et, en un sens, ça n'est pas totalement faux. Je me redresse à mon tour, saisi d'une sourde appréhension. Ce n'est qu'une fois de nouveau seul que je réalise ce que ça signifie : Ileyna va revenir ici.

Fébrile. Je crois que c'est le mot qui résume le mieux mon état d'esprit depuis qu'Isabel a franchi le seuil de mon appart'. Posté dans notre chambre, je contemple l'étagère où Ileyna a réuni toutes ses affaires : des bibelots et autres trucs inutiles, comme les affectionnent les filles la plupart du temps. Je suis indécis. Que dois-je faire ? Tout mettre dans un carton ? La laisser découvrir les lieux et les objets à sa guise ?

Je finis par rassembler la majorité de ses possessions

sur la table du salon, m'interrogeant sur ma conduite. N'est-ce pas une incitation, implicite mais réelle, à ce qu'elle quitte et l'appartement et ma vie, de manière définitive ? Je l'ignore. L'heure a largement défilé, et je me surprends à m'impatienter face à cette activité plus ou moins dérangeante.

Je ne m'apaise que lorsque enfin je retourne à mes préparatifs. Cela m'occupe tant et si bien que ce n'est que le lendemain matin que je découvre le mail d'Isabel. Elle suggère qu'Ileyna vienne le surlendemain en fin de journée à l'appartement.

Angoissé, je réponds par l'affirmative et tente de tenir bon dans l'attente de sa visite. Hélas pour mes nerfs, le temps s'écoule dans un yo-yo exécrable de stress, alternant des périodes où les minutes s'éternisent avec d'autres où les heures passent comme des secondes. Exaspéré, je me retrouve à faire mes bagages d'illusionniste et à aller les entreposer dans « ma » salle.

À peine ai-je pris la mesure de l'ampleur du lieu et de l'enjeu de la représentation que j'ai tant négligée que le fantôme de ma fiancée revient me hanter. Ce spectacle, c'est elle. Il s'est créé grâce à elle, à son enthousiasme, sa foi en mes capacités. Il se nourrit d'elle, de ses ressentis et de ses préférences en termes de magie. Il est elle, en somme : une jeune femme au caractère impétueux, un peu sauvage, indomptée mais authentique.

Quand j'ai passé en revue mes accessoires disséminés sur la scène, l'émotion m'étreint plus lourdement que je ne peux le supporter. Je pars, évite les lieux où je pourrais la rencontrer et, bien obligé, me rends à la salle de Wolf pour mon rôle dans son show. Si le cœur n'y est pas vraiment, au moins j'assure ma part de contrat, mais je ne m'attarde guère. Le regard de mon mentor est bien trop inquisiteur à mon goût, et je ne me sens pas de taille à l'affronter.

À la place, je m'échappe dans les rues parisiennes. Je ne souffle qu'une fois rentré chez moi…

Je trouve refuge face à mes accessoires. Là, posée en bas de l'étagère : ma mallette. Vieille, usée, patinée par plusieurs années de manipulation. L'envie soudain me prend de la sortir de sa cachette, de l'utiliser, comme avant… Comme jadis. Hélas pour moi, mon intention ne dépasse pas ce stade : on sonne à ma porte. Et, vu l'heure tardive, je doute que ce soit un nouveau voisin désireux de nouer connaissance.

J'ouvre sur des boucles rousses. Soleyne.

Oh ! bordel…

— Ce n'est pas le bon moment, déclaré-je immédiatement.

— Niels, m'interrompt-elle, je sais que tu ne vas pas bien. J'étais au show, j'ai bien vu…

— Ce n'est vraiment pas le bon moment, OK ? répété-je fermement.

Par-dessus tout, je crains qu'elle ne s'acharne, qu'elle ne s'accroche et mette à mal ce que j'essaye laborieusement de reconstruire dans mon existence.

Son regard s'emplit de tristesse et d'une sorte de pitié qui me lamine le cœur.

— Soleyne…

— Niels, je t'en prie, lance-t-elle en se rapprochant dangereusement.

Ses yeux me semblent immenses, débordant d'une peine que je ne saurais gérer. Est-ce pour moi ou à cause de moi ?

— Ne me repousse pas, articule-t-elle encore.

Sa main se lève jusqu'à ma joue râpeuse, et la caresse de ses doigts me perturbe plus qu'elle ne devrait.

— Soleyne, coupé-je fermement en écartant son poignet. Ça va, je t'assure. Rentre chez toi.

Un éclair passe dans son regard, que je refuse d'interpréter. Sans un mot de plus, elle fait demi-tour et disparaît dans la cage d'escalier.

Chapitre 22

Ileyna

Face à moi, la porte. Elle devrait m'évoquer quelque chose, j'en ai conscience, cependant… cependant, rien. Absolument rien. J'inspire, refoulant l'envie d'aller passer mon temps ailleurs. L'insistance de mon psy, ajoutée à celle de mes parents, me dissuade de n'en faire qu'à ma tête. Ils veulent me voir venir ici. M'y voici.

J'expire. Et presse le bouton. J'entends la sonnette retentir de l'autre côté, puis des pas approcher. Quelques instants encore, la porte s'efface, me révélant Niels.

Il semble stressé. Et, à dire vrai, il n'est pas le seul. J'ignore ce que je ressens vis-à-vis de lui. Tout mon être n'est que confusion et, face à lui, c'est mille fois pire. Depuis cet après-midi en sa compagnie et celle de Soleyne… Depuis cette sorte de danse au restaurant et ces mots lâchés à mi-voix, mon esprit est retourné, chamboulé – perturbé. L'éclat dans ses yeux, la douleur qui perçait dans ses paroles m'ont profondément troublée et ont réveillé mille et une émotions en moi. Il m'a fallu du temps pour l'admettre – pour le reconnaître.

C'est cette danse fiévreuse avec lui au night-club qui a achevé de tout bouleverser. Me contraignant à me remettre en question. À accepter qu'effectivement j'avais perdu de nombreuses années de ma vie et que, à défaut de m'en souvenir, je pouvais, tout au moins, tenter d'en reconstituer la teneur profonde.

Une teneur… qui passe obligatoirement par lui. Par Niels. Par cette drôle de sensation que j'éprouve, chaque fois que je pense à lui. Tout à la fois frustration, exaspération, agacement… et un désir puissant d'être à proximité de lui.

Tout et son contraire en un seul mouvement !

J'esquisse un sourire crispé.

— On m'a dit de venir voir ici si mes souvenirs ne s'y sont pas égarés, lancé-je effrontément.

Qu'il réagisse comme il le souhaite à tout cela. Mais il me surprend en ouvrant totalement la porte, pour reculer et me laisser entrer.

— Je les ai cherchés dans tout l'appartement, me déclare-t-il. J'ai trouvé deux trois trucs, mais on sait jamais…

Impossible de répliquer quoi que ce soit : je viens de pénétrer dans l'antichambre de l'enfer. Les lieux ne m'évoquent rien. Strictement rien. Et en même temps… C'est un tourbillon d'émotions indistinctes, assez effrayantes. Je résiste à l'envie de fuir à toutes jambes et pousse jusqu'au salon.

Là, rassemblées soigneusement sur le coin d'une table, des figurines. Je m'en approche, en prends une du bout des doigts, la soupèse puis la remets à sa place. Mon regard dérive sur une cuisine américaine plutôt bien agencée et de bon goût, avant d'être accroché par des photos. Des tas de photos. Je me reconnais sur la plupart. Et c'est clairement perturbant de se voir ainsi dans des poses et des lieux qui ne m'évoquent rien.

Je m'approche d'un cadre sur un meuble bas. Ma main va pour s'en saisir, avant que je me ravise. Mes yeux reviennent vers lui. Niels. Nerveux, il m'observe, en retrait.

— Je peux ? chuchoté-je.

Il acquiesce.

— Tu es ici chez toi, tu sais.

— Il paraît, oui.

Mais la perception s'arrête là. Cet endroit me semble aussi peu familier que n'importe quel autre, l'appart' de mes parents excepté. Je m'empare du cadre, le temps de scruter les détails avec intensité. Un paysage plutôt classique, de montagne, où lui et moi nous tenons enlacés, souriants, visiblement heureux.

Je le repose en silence, avant de faire lentement le tour du propriétaire. Niels ne me quitte pas des yeux, mais ne m'impose pas sa présence, et c'est tant mieux. Je ne sais pas si j'aurais supporté qu'il me colle.

Mon tour d'inspection se termine là où il a commencé : face à la table avec les figurines. J'en reprends une entre mes mains, la fais tourner.

— Elles sont à moi ? demandé-je.

Je n'obtiens nulle réponse.

— Tu as perdu ta langue ? relancé-je en le dévisageant.

Une moue un peu triste passe sur son visage, par ailleurs séduisant. Niels est assez bel homme, dans le genre un peu candide et innocent. Un regard clair profond et franc, des cheveux châtains, des traits purs, bien proportionnés… Plutôt grand, svelte mais pas maigre pour autant… Oui, il est bel homme, il n'y a pas à dire. Il pourrait me plaire, en effet…

Il m'a plu.

— Si je ne vois pas tes lèvres, m'annonce-t-il en s'approchant un peu, je ne peux pas savoir ce que tu dis.

J'en reste interloquée.

— Quoi ?

— Je n'entends rien, Ileyna, termine-t-il tout bas. Je suis sourd. Je lis sur tes lèvres.

Interdite, je le dévisage un long moment, avant de baisser les yeux. Ma mère m'en a touché un mot, c'est vrai… et, comme à ce moment-là, cela me perturbe, sans que je sache comment ni pourquoi.

— OK, finis-je par dire en me raclant la gorge. Donc… C'est à moi ?

Je l'ai regardé droit dans les yeux. Ma main désigne les statuettes et autres bibelots entassés. Tout pour me raccrocher à une sensation de normalité.

— Oui.

J'acquiesce et me déplace de quelques pas pour mieux observer l'amas de ramasse-poussière. J'avise alors un cahier fermé d'où dépassent des morceaux de papier.

— Ça aussi ? demandé-je en posant la main dessus pour m'en emparer.

— Non !

Sa réponse est spontanée, presque énervée. Je relève vivement la tête pour l'observer, mais Niels s'est déjà repris.

— C'est... mon carnet de magie, me révèle-t-il à mi-voix.

— De magie ?

Là, il a piqué ma curiosité. Il hoche la tête, avant de fourrer les mains dans ses poches comme un adolescent pris en faute.

— Je suis illusionniste, m'explique-t-il lentement. C'est toi qui m'as permis de me former aux côtés de Wolf. Depuis, c'est mon métier.

— Oh !

Et, sans que je comprenne comment, je me retrouve assise sur le canapé à feuilleter ce carnet de mystères tandis que lui me raconte l'origine des tours et des idées qui y sont annotés. Cet instant de connivence – non, de complicité – flagrante entre nous me bouleverse totalement.

Je finis par lever les yeux vers lui, émue, déboussolée. C'est comme si j'avais plongé dans un nouvel univers, où tout ce que je connaissais – mes certitudes, mes convictions, mes décisions aussi – venait d'être chamboulé.

— Mais tu n'es que son assistant ? demandé-je. Ou tu te produis de manière autonome ?

Un sourire furtif passe sur ses traits.

— Ça aussi, c'est à toi que je le dois, répond-il doucement.

Et ce que je lis dans ses yeux a de quoi me remuer.

— J'ai obtenu une salle pour mon propre spectacle il y a quelques semaines.

Il me désigne le carnet. J'ai remarqué qu'il use d'une gestuelle régulière pour ponctuer ses phrases... Sans pour autant exiger d'explications.

— Ce sont mes idées pour le show, justement.

— Ce sont de belles idées, commenté-je tout bas, le doigt effleurant la couverture cartonnée.

Un silence nous réunit pendant plusieurs battements de cœur. Puis Niels murmure quelques mots que je peine à comprendre.

— Ça te dirait de la voir ?

— Quoi donc ?

— La salle de spectacle.

Je ne prends même pas le temps de réfléchir à ma réponse.

— Oui !

— Alors, viens, déclare-t-il en enroulant sa main à la mienne.

Je me raccroche à ses doigts et, à ma plus grande surprise, me laisse entraîner.

La salle dont il m'ouvre les portes est intimiste. Petite, mais pas étouffante, plutôt conviviale et agréable. Vivement, masquant difficilement son enthousiasme, Niels m'amène jusque sur la scène. Je foule le parquet de bois lustré, le regard perdu vers ces quelques dizaines de rangées de gradins qui s'étalent en contrebas selon une pente montante. Plus haut, un balcon offre une centaine de spectateurs supplémentaires.

— Voilà, déclare-t-il, une ombre de fierté dans la voix.

— C'est impressionnant, murmuré-je en le contemplant.

Être là, face à ces sièges inoccupés, m'intimide soudain sans que j'en comprenne la cause réelle. Je n'imagine même pas ce que cela peut faire d'être là, seule, devant autant d'yeux qui scrutent le moindre de vos mouvements.

— On finit par s'y habituer, répond-il en souriant.

Il s'affaire à déplacer quelques articles disposés à la va-vite sur l'espace de jeu. Je l'observe un instant, songeuse, étonnée de voir en lui une telle concentration et une méticulosité discrète mais réelle.

Il est passionné.

— Et tu vas faire tes illusions avec tout ça ?

Je n'ai pas pu m'empêcher de demander. C'est qu'il pique ma curiosité avec tout cet attirail. Niels ne répond rien, et je me rappelle avec un temps de retard que s'il ne me regarde pas il ne m'entendra pas. Pestant contre ma bêtise, je le rejoins et mets la main sur son avant-bras.

Étonnamment, ce mouvement le fige dans son élan. Nous restons immobiles trois courtes secondes d'éternité, avant qu'il se redresse pour me faire face.

— J'ai trouvé comment attirer ton attention, déclaré-je, mutine.

Mais le regard bouleversé qu'il pose sur moi me dissuade de continuer à jouer avec lui.

— Tu vas faire tes illusions avec tout ça ? répété-je sagement.

Il acquiesce, distrait, puis se reprend.

— Montre-moi, demandé-je encore tout bas.

Nouveau geste du menton. L'intensité de son regard me chavire, mais je me refuse à dévier le mien. Je crois que j'en suis incapable.

Il s'écarte de moi, mais ses yeux ne me quittent pas. Sa main s'empare d'un bâton posé sur une caisse. Un fin sourire se dessine sur ses lèvres, et il le tend entre nous.

— Que vois-tu ? m'interroge-t-il doucement.

— Un bâton.

D'un geste, il fait tourner l'objet, et je me focalise dessus. Lentement, une touche de couleur apparaît à son extrémité.

— Qu'est-ce…

— Chut, m'interrompt-il. La magie, ça demande du silence et de l'émerveillement.

J'approuve sans un mot, hypnotisée – non, fascinée par ce qui se déroule sous mes yeux.

Niels remonte ses manches et, pour ce faire, coince le bâton entre ses doigts. Le temps qu'il en termine avec le tissu de sa chemise, trois autres touches de rose nacré sont apparues à leur tour. Et, lorsqu'il s'en empare à nouveau et l'agite, c'est toute une rose qui jaillit sous mon regard surpris.

— Incroyable !

Il sourit face à mon enthousiasme, avant de se rapprocher de moi. Avec des gestes un peu exagérés, il me tend la fleur.

— Prends-la, m'encourage-t-il.

Je m'exécute, presque tremblante. La tige comporte une certaine souplesse, elle m'évoque un bois tendre. Mes doigts remontent vers les pétales rosés pour les effleurer.

— Mais… On dirait des vrais ! m'exclamé-je.

— Peut-être parce que c'en est, répond-il, mystérieux.

Il est vraiment tout près à présent. Seule la fleur forme un mince barrage entre nous. Je quitte l'artefact des yeux pour plonger dans son regard perturbant. J'ai envie d'y lire la profondeur que j'y ai trouvée tantôt.

— Les fleurs sont pleines de magie, tu sais, reprend-il, très sérieux. Elles grandissent à la lumière du soleil et se préparent dans un espace si restreint… que, lorsqu'elles se dévoilent, c'est avec tact et délicatesse. Un peu… comme ça.

Il agite la main et, sous mon regard ébahi, ma fleur s'étoffe de pétales supplémentaires.

— Mais comment… ?

— Mais le plus merveilleux dans tout ça, poursuit-il sans me répondre, c'est qu'elles sont éphémères. La fleur nous offre un instantané de vie, un moment à capturer et à savourer. Car, à peine a-t-on le temps de l'observer…

Je sens sa main glisser sur la tige et son regard se faire plus profond.

— … qu'elle s'évapore, ne nous laissant que son souvenir à conserver.

Brutalement, les pétales s'évanouissent autour de nous. Des confettis flottent dans l'air, avant de se disperser en une pluie jusqu'au sol.

C'est de toute beauté.

Je contemple un instant encore la tige, désormais uniforme, puis les touches de couleur répandues çà et là sur le parquet. Et je reviens à l'homme devant moi.

Je ne l'admettrai jamais, mais je suis profondément bouleversée. J'ignore ce qui vient de se passer exactement et ce que j'éprouve en réalité, mais une chose est sûre : il exerce sur moi quelque chose contre lequel je me vois mal lutter. Une attraction irrésistible, à laquelle j'ai de plus en plus envie de céder.

Un mélange de fascination, de désir, de tendresse…

Je me perds dans ses yeux troublants, laisse l'étrange sentiment m'envahir et annihiler toutes mes pensées. Lorsqu'il pose les doigts sur ma joue pour une lente et affolante caresse, je ne le repousse pas. Face à lui, face à l'intensité du moment, j'oublie tout, y compris ces étreintes fugitives dans les bras de Wolf ces jours passés – ça ne compte pas, en réalité, en regard de l'émotion qui me traverse à être si près de Niels…

Face à ce sentiment, justement, plus rien n'importe… et je me sens prête à faire tomber ma carapace, rien que pour qu'il s'approche un petit peu plus…

Lorsqu'il se penche, avec plus de lenteur encore, pour frôler mes lèvres avec les siennes, je ne me dérobe pas. Non. Je le laisse venir à moi et exacerber au travers d'un baiser tendre et délicat l'ouragan de sensations qu'il éveille en moi.

Chapitre 23

Niels

Ileyna. Le prénom résonne dans mon esprit sans répit. Il tourne en boucle, il me possède, il m'emplit. Et me donne une force nouvelle : celle de continuer, de rechercher sa présence, de l'apprivoiser.

Le mois passé, cela m'aurait semblé difficile, presque impossible à surmonter. Pourtant, le fait que je l'ai sentie vibrer sous ma caresse, que j'ai vu la lueur d'étonnement dans son regard, qu'elle s'est montrée curieuse à mes côtés sur cette scène a tout changé.

À présent je sais que je peux la retrouver. Que la fille dont je suis tombé complètement fou n'a pas totalement disparu. Et, même si passé ce baiser mon indomptée a préféré me fuir, troublée, j'ai des raisons de croire en notre bonne étoile.

Le caractère d'Ileyna étant ce qu'il est, j'évite d'être trop pressant. À la place, je peaufine mon spectacle, animé d'une volonté nouvelle : celle de réussir – pour elle.

Dix jours passent ainsi, dans le plus grand silence et la solitude, avant que je trouve enfin le courage de la recontacter, pour lui proposer un simple dîner le surlendemain. Sans me douter que, ce fameux jour, tout se précipitera. Que je vous explique. Dans l'ordre : Wolf et sa répétition ; Soleyne, puis Ileyna. Mais reprenons.

Wolf, tout d'abord. L'arrangement avec son nouvel

apprenti m'offre de plus en plus de temps libre et si, par voie de conséquence, mes finances s'en ressentent, du moins suis-je plus disponible pour gérer mon propre spectacle, nouer connaissance avec mon régisseur et évoquer quelques techniques discrètes pour pallier ma surdité. En professionnel expérimenté, Hervé cerne vite ma difficulté et propose diverses idées fort judicieuses qui me permettront d'interagir avec mon public même sans l'entendre. Ainsi, un jeu de lumières au-dessus du balcon allumé depuis la régie m'informera des applaudissements, rires ou sollicitations diverses. Le concept est à peaufiner, et il a déjà envisagé d'autres méthodes qu'il souhaite tester au fur et à mesure des besoins. En fonction de ma prestation et de l'efficacité de ces suggestions, il compte les maintenir, en changer ou les améliorer.

Mais tout cela demande beaucoup de temps et de patience, et je dois encore participer au show de Wolf et finis par m'y rendre lorsque j'y suis obligé. Ce jour-là, ça débute dès la fin de la matinée, pour une intense séance de répétition. Car avec Wolf tout doit être parfait, millimétré. Pas de hasard, pas d'approximation – la moindre imperfection doit être corrigée. Comme j'ai quelque peu la tête ailleurs – du côté d'une beauté sauvage à la peau caramel, en réalité, que je dois retrouver après le spectacle –, je ne suis guère attentif, et cela s'en ressent.

— Niels, clame Wolf en se campant face à moi. Tu veux bien être parmi nous durant… hum… trois minutes d'affilée ?

J'acquiesce, contrit, et recommence le mouvement demandé. L'exercice est complexe et exige du doigté mais, après des années de formation et d'entraînement auprès de lui, j'ai beaucoup appris.

— Pas si mauvais, me concède-t-il quand je termine de tourner le paquet de cartes. Mais tu peux faire mieux que ça, j'en suis certain. Recommence !

Je dissimule de justesse un soupir de lassitude. Avec Wolf, travailler un tour peut prendre des jours, voire des semaines entières. Rassemblant le jeu de cartes, je le dispose de nouveau correctement dans ma main, tranche pleine contre l'intérieur de ma paume, et le lève droit devant moi. Un mouvement du poignet, l'éventail se déploie, me donnant à contempler la face illusoire lorsque le public, lui, apercevra le dos coloré des cartes.

— Encore ! exige Wolf, qui scrute chacun de mes gestes. Ce n'est pas assez fluide.

Je réitère, puisant des trésors de patience et de concentration dans le souvenir du regard clair de mon indomptée. J'espère ne pas l'avoir brusquée en lui proposant cette nouvelle rencontre en tête à tête.

Une tape sur mon épaule me ramène direct à la réalité. J'esquisse un sourire désolé pour Wolf, reprends l'exercice avec application. Il est exigeant, intraitable, mais c'est un des meilleurs dans son domaine, et il maîtrise des tours et des mouvements que certains ne connaissent pas dans le milieu. Je sais que je suis chanceux de m'être formé auprès de lui.

Le paquet de cartes coule dans ma main, avec la dextérité qu'il m'a appris à avoir – ça, et un petit truc en plus pour les rendre plus glissantes entre mes doigts. Mais chut, c'est un secret de magicien.

Lorsque enfin j'étale sur le tapis le paquet, dans l'ordre si particulier qui permet ces changements de couleur et de face, avant de réunir le tout dans ma main et de le faire disparaître au gré d'un mouvement rapide, que le jeu des lumières contrebalancera au moment opportun, un sentiment de profonde satisfaction s'empare de moi. Je sais que là j'ai fait un sans-faute.

De un, Wolf ne m'a pas interrompu. De deux, je le lis quand je trouve son regard. Une étincelle de fierté y brille, qu'il réprime rapidement.

Je rassemble les affaires et recule pour laisser place à mon futur remplaçant, lequel commence plutôt nerveusement son job. Moi, je vais m'installer à la limite des rideaux des coulisses, le regard perdu dans le vague quelque part entre l'étagère modifiée et le jeune homme qui tente d'assurer sous l'œil intransigeant de son patron.

Je songe à mon spectacle. À Ileyna. À la vie qui s'ouvre à moi. À l'espoir que je peux enfin ressentir, et auquel je m'autorise de nouveau à croire.

Ce n'est que lorsque Wolf apparaît dans mon champ de vision que je percute que le temps a largement filé… et que je n'ai pas bougé.

— Qu'est-ce qui t'éloigne tant que ça de ma représentation, Niels ? me demande-t-il.

J'hésite un court instant avant de répondre :

— Ileyna.

— Hum. Je vois. Ça ne va pas mieux entre vous, c'est ça ? Elle te repousse toujours autant ?

— Non, je… Enfin…

— Peut-être devrais-tu, je ne sais pas, accepter que c'est la vie qui est comme ça. Vous avez fait un bout de chemin ensemble, et maintenant chacun part de son côté.

Je le fixe, un peu abasourdi. J'ai mal compris ou il me suggère de l'oublier ?

— Wolf, écoute, c'est sympa ce que tu me dis, mais Ileyna et moi… Enfin, tu vois… J'ai de nouveau pu lui parler, et…

Je préfère finalement me taire, embarrassé. Wolf cependant semble avoir saisi, car un large sourire illumine ses traits, bien qu'un peu forcé, à mon avis.

— J'en suis heureux pour toi, dit-il en posant une main puissante sur mon épaule.

Genre paternaliste. Il s'assure d'avoir mon attention, puis cligne d'un œil et me désigne le parterre de gradins d'un rapide mouvement de la tête.

— Mais, au cas où ça ne marcherait plus entre elle et toi, je crois que tu as une jeune femme adorable toute prête à te soutenir pour le restant de tes jours.

Mon regard suit la direction qu'il m'a indiquée. Une masse de boucles rousses apparaissent au premier rang. Soleyne…

J'approuve d'un geste, pour le coup réellement gêné.

— Ouais, je vois ça, murmuré-je tout bas. Merci bien.

— Pas de quoi ! conclut-il d'une nouvelle tape sur mon épaule, avant de me libérer. Va te préparer !

— OK.

Je file dans les coulisses jusqu'à la loge que nous occupons pour me changer et me maquiller. La représentation débute dans deux heures désormais, et il est plus que temps de faire le vide dans ma tête et de me mettre en condition. Assurer les premières parties, c'est faire tout un show condensé en quelques dizaines de minutes et, depuis peu, cela me permet aussi d'annoncer mon propre spectacle prochainement. Hors de question de me rater !

J'en suis à achever d'enfiler ma tenue, équipée des accessoires dont j'ai besoin et artifices facilement accessibles – autre secret de magicien si vous voyez ce que je veux dire –, l'esprit déjà accaparé par les lumières de la scène, la présence silencieuse des spectateurs face à moi, dans cette obscurité impossible à percer, quand la porte de la loge s'ouvre. En soi, rien d'inhabituel. Sans doute Wolf qui vient à son tour se préparer.

Mais le parfum, entêtant, et les deux mains douces qui glissent dans mon dos, passent sur mes épaules et se mettent à caresser mon torse démentent tout aussitôt cette option.

Soleyne…

Je réprime un mouvement de lassitude, repousse les mains graciles pour me tourner. Mauvais choix. Sa bouche percute la mienne, vorace. Je m'écarte d'un geste, allant buter sur la table de maquillage.

— So… Soleyne…

— Chut, laisse-toi faire, allons…, susurre-t-elle en se collant à moi.

— Arrête, tu veux… Arrête…

Mais ses lèvres persistent contre les miennes, son baiser se fait plus pressant, plus puissant, plus désireux aussi. Sa main dérive sur mon torse, se faufile entre les plis de ma chemise, trouve ma peau, m'électrise. Je ne peux nier qu'elle est attirante, qu'elle a du charme, qu'elle est sympa. Elle n'est pas Ileyna, mais elle pourrait être une personne avec qui il serait bon de passer sa vie. Même si je ne suis pas amoureux d'elle, l'aiguillon du désir, physique, primaire, se manifeste presque malgré moi. Homme je suis, homme je reste. Difficile de résister quand on vous travaille au corps comme elle est en train de le faire.

Je me sens lentement basculer, malgré toute ma volonté. Malgré le souvenir du visage d'Ileyna, que j'appelle de toutes mes forces. Et très certainement Soleyne le ressent-elle, car sa paume prend une direction bien plus audacieuse… Bien plus précise.

— Soleyne, arrivé-je à lâcher contre ses lèvres. Soleyne.

— Laisse-toi aller, Niels, dit-elle brièvement. Tu en as envie, toi aussi, je le sais !

Sa main se referme sur mon entrejambe dans un mouvement qui m'interdit de nier l'évidence. Oui, en cet instant, le désir brut me possède. Mais pas avec elle, pas comme ça, pas…

Son doigt glisse sur mon pantalon, trouve le bouton, le détache et s'insinue sous le tissu. Je sursaute quand elle me touche de la sorte, quand sa caresse tend la peau de mon sexe d'une manière lente et douloureusement affolante. Un râle m'échappe, impossible à retenir.

— Soleyne…, supplié-je.

Déjà elle abaisse mes habits, laissant mon érection se révéler au grand jour. Déjà, elle relève le jupon de sa robe, dévoile son intimité parfaitement épilée. Déjà elle me repousse en arrière, jusque sur la chaise inoccupée. Déjà, elle s'installe à califourchon sur moi, le regard dans le mien. Je tente de l'éloigner – pas très vigoureusement, je l'admets – quand je sens mon sexe à l'orée de sa fente. Le désir pulse en moi, je le combats avec acharnement.

— Non, demandé-je tout bas. Non.

— Elle ne veut plus de toi, dit-elle en s'abaissant un peu plus sur moi, mais je suis là, moi… Niels…

D'un simple mouvement des hanches, elle s'empale sur

moi. Je vacille sous le choc du plaisir mêlé de culpabilité qui me possède d'un coup. Un bref instant, de nouveau ce choix se propose à moi, comme un embranchement distinct dans ma vie. Continuer là, tout de suite, avec Soleyne. Lui faire l'amour passionnément, me perdre en elle, l'embrasser, la chevaucher, la prendre fougueusement, la faire mienne et jouir de son corps et de son désir. Ou tenter de renouer avec Ileyna, si je peux y parvenir, retrouver ce que j'avais, cette fusion, cette entente entre nous… sans même savoir sur quoi cela peut déboucher.

L'amour facile… La passion…

Mes mains s'arriment aux hanches de la belle qui ondule sur moi, au comble de son plaisir, et je la relève avec toute la douceur dont je suis capable. Je vais la blesser, j'en ai conscience.

Ses yeux se fixent sur les miens. D'abord rieurs, puis perplexes, quand elle découvre mon air déterminé et devine que ça ne se passera pas comme elle l'entend. Une ombre de froideur parcourt ses traits lorsque je me retire totalement d'elle.

— So…

La porte s'ouvre, et Soleyne sursaute. Le visage de Wolf s'encadre dans l'entrebâillement. Sa surprise est manifeste, mais il se reprend très vite.

— Oh ! pardon ! s'exclame-t-il. Continuez, je n'ai rien vu.

Et il referme vivement la porte. J'en reste saisi deux secondes. Qu'a-t-il réellement aperçu ?

L'instant suivant, ces considérations s'évanouissent dans la gifle que Soleyne m'adresse.

— Salaud ! crie-t-elle en s'écartant.

Je me lève, me rhabillant rapidement.

— Tu dois comprendre…

— Mais elle s'en fiche de toi ! lance-t-elle d'un ton rageur. Tu crois qu'elle t'attend sagement dans son lit ? Tu crois qu'elle, elle profite pas de la vie ?

J'accuse le coup, mais reste silencieux.

— Moi je suis là, Niels, ajoute-t-elle, entre larmes et

hystérie. Et tu… Tu me repousses, alors que je me donne à toi, que je m'offre sans retenue…

— Je suis désolé, murmuré-je. Je l'aime, Soleyne.

Ses yeux qui me foudroient valent toutes les réponses du monde. Hargneuse, elle lève la main comme pour me frapper, avant d'étouffer un sanglot et de disparaître par la porte ouverte.

Je me laisse choir sur la chaise, totalement vidé.

Et merde. Là, on peut dire que j'ai sacrément foiré !

Chapitre 24

Fin de soirée. Je vous dresse le topo : lumières de la scène éteintes, gradins désertés, spectateurs partis s'agglutiner autour de Wolf dans le hall… et moi, dans un état lamentable. J'oscille entre excitation et apitoiement. Je m'en veux de m'être laissé emporter face à Soleyne, de n'avoir pas su lui résister. Cette fois, je n'ai pas l'excuse de l'alcool pour justifier ma conduite – seulement celle de la frustration de ne pouvoir approcher la femme qui était il y a quelques mois encore ma fiancée.

J'achève de me rhabiller, après avoir ôté maquillage et tenue de spectacle, et m'attarde un instant à contempler mon reflet dans le miroir. Nerveux. Angoissé. En toute logique, Ileyna m'attend au-dehors, côté sortie des artistes. En toute logique, je vais la rejoindre, lui sourire, prendre sa main, peut-être déposer un léger baiser sur sa joue – sur ses lèvres – et l'entraîner jusqu'à un restaurant pour un dîner tardif, avant, je l'espère, d'arriver à la ramener chez moi – chez nous – pour la faire revenir tout doucement dans mon existence. En toute logique. Si elle n'a pas sur un coup de tête choisi d'aller ailleurs, et avec un autre. Si Soleyne n'a pas déversé son fiel à ses oreilles. Si le ciel n'a pas de nouveau décidé de s'interposer entre nous…

En toute logique.

Je scrute mon visage, mon regard. J'ai l'impression de ne jamais m'être senti aussi seul et désemparé de toute ma vie. J'aurais, je crois, cruellement besoin de pouvoir appeler mon frère, de me confier à lui, de l'entendre se moquer de moi puis me conseiller. J'aimerais retourner dans la maison de mon enfance, pour profiter en toute simplicité de la présence de mes parents, de cet amour silencieux qui régnait là-bas, et que je ressentais comme l'on ressent la chaleur des rayons du soleil.

Mais hélas, cela je ne le peux pas.

J'abaisse le regard, rompant cet échange muet avec mon double reflété. Il n'est plus temps d'hésiter ni de regretter le passé.

J'enfile mon blouson, rempoche mes clés, mon portefeuille, et quitte le théâtre. Je l'admets : un bref instant d'appréhension m'habite quand je pousse la porte des artistes.

Sera-t-elle là ?

Je tourne la tête à gauche, à droite, scrutant le trottoir éclairé de lampadaires, nerveux. Quelques silhouettes alentour, mais pas celle que je désire plus que tout voir apparaître. En définitive, c'est une main se posant sur mon poignet qui me rassure et me fait pivoter. Ileyna se tient là, face à moi, ses grands yeux me dévisageant presque tendrement. Un sourire spontané naît sur mes lèvres, en réponse au sien.

— Tu es là, déclaré-je un peu bêtement.

— Tu en doutais ?

— Tu es tellement imprévisible…

Elle hausse une épaule, mutine, mais son regard ne me quitte pas, et je m'en réjouis. Soleyne a visiblement accepté la situation. Durant toute la soirée, j'ai craint qu'elle ne cherche à s'interposer d'une quelconque manière et ne se venge de mon rejet en racontant je ne sais quoi à Ileyna… Comme l'a dit Wolf : elles sont amies, et les filles, ça cause ferme, surtout des garçons.

— Nous y allons ? suggéré-je.

— Nous y allons.

Et, avec un naturel désarmant, elle se coule contre moi, plaçant d'autorité mon bras autour de ses épaules. Mon cœur rate un battement, tant cela me chamboule profondément.

Une chaleur nouvelle irradie dans mon corps, et je la savoure pleinement. Elle se nomme Espérance, je crois…

La nuit paraît s'éterniser, pour mon plus grand bonheur. Notre repas s'est déroulé de la plus parfaite des manières, et à présent l'air doux, la quiétude des trottoirs parisiens semblent s'être entendus pour parachever l'instant. Tout le reste de la soirée, j'ai eu affaire à la jeune femme avec qui je vivais : enjouée, attentive, spontanée. Et, même si elle en est à me découvrir, à apprendre à me connaître – même s'il m'a fallu me plier au traditionnel jeu des questions/réponses, qui survient au début de toute relation, quand moi je sais tout d'elle, et depuis si longtemps –, je me sens heureux. Comblé.

— Pourquoi as-tu accepté de me revoir ? lâché-je soudain alors que nous remontons une rue.

— Pourquoi pas ? réplique-t-elle.

— Ileyna…

— Dis-moi plutôt, tous ces gestes que tu fais…, élude-t-elle simplement.

Mon regard la quitte pour contempler mes mains. Avec elle jadis, j'avais repris l'habitude de signer. C'était une manière de compléter mes propos, de les rendre plus profonds, plus personnels… C'était devenu notre code à nous, ce petit truc qui était le nôtre, unique – notre particularité. Suis-je revenu à ce qui faisait notre complicité, en sa présence ? Comme « avant » ?

— Mon langage, réponds-je en signant de façon explicite cette fois.

Ileyna acquiesce, focalisée sur ma gestuelle. J'inspire. Et très lentement je formule son prénom dans ma langue silencieuse.

— Ileyna, traduis-je lorsque ses yeux s'en viennent questionner les miens.

— C'est beau.

« Comme toi », ai-je envie de répondre. Cependant, je

m'en abstiens. Je ne suis pas certain d'encore toucher son cœur de cette manière-là. Du reste, elle baisse le regard, visiblement troublée. Lirait-elle dans mes pensées ?

Je préfère ramener la conversation sur un terrain plus concret.

— Ça ne répond pas à ma question. Pourquoi avoir accepté de me revoir ?

« Après le centre commercial », ai-je envie d'ajouter. « Après ce rejet impulsif, irraisonné, à l'évocation de notre passé. »

Je n'obtiens qu'un haussement d'épaules en retour.

— Sérieusement, réponds-moi, insisté-je. Tu ne fais jamais rien sans raison, je le sais.

Ileyna se crispe un court instant, puis s'immobilise. Doucement, elle m'oblige à pivoter, pour que je lui fasse face.

— Ma mère, débute-t-elle lentement, et les médecins pensent que côtoyer des gens d'avant, cela pourrait stimuler ma mémoire.

J'étouffe la tristesse naissante qui s'éveille en moi face à ces propos. Elle n'est donc venue que pour cela ?

Soleyne avait-elle raison ?

— Mais je me suis aperçue, continue-t-elle, qu'en réalité j'avais envie de te revoir. Depuis… Depuis cette fleur qui s'évapore en confettis ! Tu as piqué ma curiosité, Niels, et…

— Tu voulais me revoir ?

— Oui.

Ce petit mot me touche au cœur. Un large sourire m'échappe, le sien me répond en écho. Je me penche, le temps d'effleurer sa joue. La seconde suivante, je fais apparaître un minuscule bouton de fleur et le lui présente. Je le dissimule d'un mouvement de la main, agite les doigts et reviens à sa joue. Ileyna m'observe sans rien dire, et dans ses yeux à elle brille un étonnement mêlé d'émerveillement. Lorsque mon doigt glisse sur ses lèvres, puis s'en écarte et que je rouvre la main, c'est la surprise qui se peint sur son visage. Le bouton de fleur repose au creux de ma paume.

— Niels… Mais comment…

— Secret professionnel, ajouté-je avec un clin d'œil, avant de faire disparaître le végétal d'une rotation du poignet.

De l'autre main, je lui présente alors une rose sur sa tige. Un sourire ravi illumine ses traits.

— Bon, j'avoue, murmuré-je. J'ai piqué la rose en sortant du restaurant.

Elle en rit, accepte mon présent d'un simple geste qui m'atteint au cœur. En cet instant, tout me semble possible, et je voudrais qu'il s'éternise à jamais.

— Revenons à l'essentiel, déclaré-je après un silence. Tu m'as revu. Et maintenant ?

— Maintenant…

Nerveuse, elle laisse le regard errer autour de nous. Je sais que c'est sa manière d'affermir sa décision. Sa main remonte effleurer les pétales de la rose, avant de la délaisser. Pour ma part, je ne respire pas. Je ne respire plus. Je ne suis qu'attente et espoirs mélangés.

— Maintenant, répète-t-elle finalement en revenant à moi, j'ai très envie de faire ça.

Ces lèvres charnues que je dévorais du regard l'instant d'avant viennent se poser sur les miennes. Il ne m'en faut pas plus pour que je réagisse de la plus agréable des manières.

Je m'empare de sa bouche voracement, assoiffé de ses baisers, colle son corps au mien, affamé de ses courbes, la laisse m'enlacer, sentir la bosse de mon sexe qui la réclame, qui se languit, qui la veut, elle, plus que tout… Ma passion affolante, incertaine, mais tellement désirable, tellement irrésistible que pour elle j'irais me brûler les ailes au soleil et chuter dans la mer sans le moindre regret.

Ileyna ondule contre moi. Les bras noués autour de mon cou, elle se presse contre moi, dans une étreinte à nous couper le souffle. Il me semble qu'il dure une éternité, ce baiser, mais en fait ça me convient très bien.

Je grogne de frustration lorsqu'elle s'écarte finalement, le visage tout près du mien. Il me suffirait d'un rien pour retourner à elle, en elle…

— Il paraît que cet appart', c'est le nôtre, déclare-t-elle, un défi dans le regard.

Je le lui confirme, les sens en ébullition. Si elle continue à me contempler comme ça, je ne réponds plus de moi.

— Il est loin ?

— Pas trop, non.

Sa main quitte ma nuque pour glisser dans mon dos, délivrant un frisson d'excitation supplémentaire dans tout mon corps.

— Allons-y, alors…

Sans doute la porte se referme-t-elle dans un léger claquement. À 1 heure du mat', j'imagine très bien les voisins râler, s'ils sont encore éveillés. Mais d'une part, je n'en sais absolument rien, ne pouvant l'entendre, et d'autre part, cela m'est complètement égal. Je n'ai d'yeux que pour Ileyna.

Elle se tient là, au milieu du salon, presque intimidée alors qu'elle devrait se sentir chez elle ; cela me bouleverse totalement.

— Tu veux de l'eau ? Un café ? proposé-je tout bas.

Son regard revient à moi, quand avant il errait sur les meubles et la déco. Elle secoue la tête et, d'un geste que je connais si bien, libère ses cheveux de leur attache. Ils se répandent en vagues sur ses épaules. Il me démange soudain d'y glisser les mains.

— Non, finit-elle par répondre en s'approchant. Je ne veux que toi.

Et elle m'enlace presque sauvagement. Nos bouches se trouvent immédiatement et se retiennent l'une l'autre. Je me débarrasse de mes chaussures avec vivacité tandis qu'elle fait de même.

L'instant suivant, nous tourbillonnons dans la pièce, portés par un désir incontrôlable. Je l'attire à moi, la guide vers notre chambre, notre lit. Si elle en est surprise ou désorientée, elle n'en montre rien, trop submergée par ses émotions. Brièvement, je romps le contact et libère ses lèvres tentatrices, pour la contempler. Ma main épouse l'arrondi de sa joue, du pouce je caresse sa pommette. Ce que je lis dans ses yeux me perturbe, me trouble, tant j'ai rêvé et espéré cet instant.

Avec plus de passion et de maîtrise cette fois, je l'embrasse de nouveau, avant de la repousser sur le matelas.

Étonnamment docile, Ileyna se laisse faire, acceptant mon corps étendu au-dessus d'elle et ma main errant sur le sien. Je retire son top avec une lenteur qui me met à la torture, caresse sa peau dorée du doigt, des lèvres, me réjouis de son soupir lorsque je trouve sa poitrine offerte.

Ses doigts serpentent dans mon dos, s'insinuent sous mon T-shirt, me découvrent dans une gestuelle que je savoure et que j'encourage. Mais, lorsqu'elle s'aventure du côté de ma ceinture de jean, il me faut une volonté de fer pour ne pas céder sur-le-champ au désir qui enfle d'un coup en moi.

J'inspire sourdement, tentant de me contenir.

J'ai envie d'elle.

Percevant le changement, elle relève mon menton pour que je puisse la regarder.

— Niels ?

— Tout va bien.

— Tu es certain ?

— J'ai envie de toi, Ileyna, déclaré-je avec franchise. Tu me rends fou.

Tu m'as toujours rendu fou.

Et je me presse contre elle de manière explicite. Un sourire étire ses lèvres et, des deux mains, elle m'oblige à me redresser. Prestement, elle se dévêt et me défie, nue, sur mon lit – notre lit.

Mon sang ne fait qu'un tour. J'enfouis le visage dans son cou, et mes mains épousent le modelé de ses courbes et le satin de sa peau. Lorsqu'elle m'ôte mon T-shirt et déboutonne mon jean, je perds un peu plus de mon self-control.

— Ley…

— Laisse-moi te découvrir, me demande-t-elle.

J'acquiesce, la gorge nouée, et achève de me déshabiller. Le regard d'Ileyna me parcourt en entier, passant de mon torse à mon ventre, à mon sexe dressé, palpitant, tendu à exploser, à mes cuisses… Je peux le sentir sur ma peau. Il bouleverse mes sens en totalité. Il me perturbe, il me retourne, il me tire morceau par morceau d'une solitude insupportable pour m'éveiller à sa présence. Et je crois qu'en cet instant le monde pourrait bien s'effondrer que je ne le réaliserais pas. Plus rien d'autre ne compte que mon indomptée.

Presque timidement, elle tend la main, m'effleure, provoquant un tressautement.

— Ley…

— J'ai envie de toi aussi, me dit-elle. Fais-moi l'amour, s'il te plaît.

J'acquiesce. Et lentement me penche pour la surmonter. Je dévale à un rythme de douce torture son corps, frôle ses courbes de la main, trace un sillon de feu avec mes lèvres et ma langue sur sa peau, son ventre, ses seins, son cou, ses cuisses, avant de m'aventurer sur des chemins plus personnels.

Ley est très réactive au toucher, à ce que ma bouche peut lui faire. J'ose d'abord un doigt du côté de son intimité, la caresse avec légèreté. Je la sens retenir une exclamation et basculer la tête en arrière. Je plaque le visage sur son ventre, baise son nombril, ses hanches, et toujours mon doigt erre d'avant en arrière, le long d'elle. Lorsque enfin je commence à approcher les lèvres de son bourgeon, ses mains froissent le drap, dans un sursaut d'excitation plus qu'évident.

Je lape son désir, la prenant par surprise. Je sais ce qu'elle aime et j'en profite. J'explore, je frôle, je caresse, je lèche, je torture doucement le creux de son ventre, l'intérieur de ses cuisses, je soumets à un plaisir ascendant son bourgeon jusqu'à ce qu'elle arrive aux portes de la jouissance.

Ses mains, jusque-là posées sur ma tête pour mieux

m'inciter à la rendre folle avec ma bouche, exigent cette fois que je quitte son sexe gorgé d'envie pour son visage.

— Prends-moi, quémande-t-elle dans un souffle. Je te veux. Maintenant.

Mon sexe entre en elle dès les premiers mots prononcés. Je manque défaillir sous le plaisir conjugué à cette attente insoutenable. D'un coup de reins, je m'enfonce en elle plus profondément. Ileyna crispe les mains sur mes hanches et relève les jambes et le bassin.

Ce qu'elle aime… je le sais.

Plaçant une paume sous ses fesses, je la prends tout entière, avec force, avec vigueur. Nos peaux moites se collent l'une à l'autre, je me presse sur son bourgeon, exacerbant son plaisir dans de délicieux frottements.

Ileyna se cambre contre moi. Sa jouissance n'est pas loin, je le devine. La mienne menace de survenir à tout instant tel un raz-de-marée.

Elle se redresse, me repoussant en même temps, pour venir échouer sur mes genoux. Elle s'empale sur moi, accueillant mon membre fiévreux de tout son long au creux d'elle-même. Je prends possession de ses hanches, l'incite à onduler, à m'enfouir en totalité dans son intimité.

La tête rejetée en arrière, la poitrine offerte à ma tentation, ma compagne laisse son plaisir monter et enfler, le rythme de ses mouvements augmentant à mesure qu'elle s'abandonne.

Elle devient soudain incontrôlable, lancée dans une danse du ventre, et l'extase me submerge dans un cri sauvage.

L'instant suivant, toute son intimité se referme sur mon pieu, et elle s'immobilise pour jouir.

Dans un souffle commun, nous nous écroulons, bras et jambes mêlés, sur le matelas.

Chapitre 25

Un vieux proverbe dit que tout ce qui monte doit redescendre. Ou que tout le bien, le bonheur et la joie, bref le positif que l'on vit à un moment donné est contrebalancé d'une manière ou d'une autre par son équivalent négatif.

Il faut croire que c'est vrai. J'ai toujours considéré ma rencontre avec Ileyna comme le contrepoids de la perte de ma famille et de mes années en tant que gamin de la DDASS…

Son accident et cette période de rejet m'ont semblé être une phase de noirceur et de douleur, qui nécessairement serait contrecarrée par son exact opposé. Opposé que j'ai cru apercevoir au cours de cette nuit fusionnelle et passionnée dans ses bras.

Oh ! bien sûr, je connais Ileyna. Je suis habitué à ses colères subites, à son caractère impulsif. Combien de fois m'a-t-elle quitté dans les débuts de notre couple, furieuse pour tout et pour rien ? Combien de fois m'a-t-il fallu faire preuve de patience, de compréhension, pour la voir revenir à moi ? Avec le temps, elle a appris à me faire confiance, et cela s'est espacé. Elle a mûri, s'est assagie, comme l'affirme Isabel.

Il est vrai que, lorsque nous nous sommes rencontrés, nous n'étions guère plus que des gamins tout juste sortis de l'adolescence…

Et qu'à présent, bien que son corps ait bien plus de vingt ans, en esprit elle n'en a même pas dix-huit.

Je m'attends donc à ce que cette sublime perfection ne dure guère longtemps…

Et pourtant, les jours suivants semblent idylliques. Ileyna me questionne, apprend à me connaître, à me découvrir, je l'apprivoise tout doucement. Certaines de ses attitudes, les regards qu'elle me porte dénotent une réminiscence instinctive, presque primaire, dont j'informe Isabel et Feliciano lorsqu'ils viennent me voir.

Des gestes pour attirer mon attention – les mêmes que dans le passé –, des propositions… Tout un tas de détails qui m'incitent à croire que mon indomptable Ley n'est pas si loin sous l'apparence survoltée et spontanée d'Ileyna.

Je me prends donc à rêver… d'un spectacle merveilleux, de critiques artistiques enthousiastes, d'une vie revenue à la normale, avec Ley à mes côtés, chez nous, avec moi. Pour autant, tout n'est pas rose, et je la sens parfois distante, sur la réserve – presque sur la défensive. Je m'en accommode autant que faire se peut, même si souvent l'envie me démange de répliquer, de me défendre moi aussi lorsqu'elle use de provocation et d'agressivité pour m'obliger à réagir – et pour se protéger de ce qu'elle ressent.

Cela explique sans doute pourquoi ce soir-là, alors que nous sommes sortis ensemble dans un pub, je me retrouve devant une pinte tandis qu'elle discute de manière un peu aguicheuse avec trois joueurs de billard. Cet après-midi, nous avons visité quelques lieux atypiques de Paris que j'ai explorés maintes fois par le passé, et que je tenais à lui faire (re)découvrir. Si elle a semblé apprécier la promenade, son humeur s'est ternie à mesure que le temps s'écoulait.

Ce soir, elle n'est pas de la meilleure compagnie qui soit. Je suppute que ça travaille dans son esprit et que cette relation naissante la perturbe énormément. Néanmoins, je continue de faire preuve de patience – elle en vaut la peine, j'en ai conscience. Mais ça reste tout de même dur à supporter de temps en temps. Non, en réalité : très souvent !

Je sais parfaitement qu'elle agit ainsi pour tester mes réactions.

Car, ce soir, j'ai un peu craqué et je me suis énervé. Bon, OK, ce n'est pas tout à fait exact. Disons que j'étais agacé par son comportement froid et que j'ai été trop cash… Forcément, fidèle à elle-même, elle m'est rentrée dedans direct, et nous voici exaspérés l'un par l'autre, à une distance plus que respectueuse.

Je termine ma pinte d'une traite en maugréant. Si je n'entends ni le bruit, ni la musique, ni les conversations, mon œil exercé décode sans mal les attitudes. Je sais qu'Ileyna rit à gorge déployée, provocante comme toujours, face aux gros costauds fiers comme des paons. Les imbéciles ! Ils ignorent tout du joyau qui se tient devant eux…

Je grogne en sourdine, tape du plat de la main le comptoir pour réclamer que mon verre soit rempli. Le barman, comme tous les barmans de la terre, s'exécute, indifférent – pour le moment. J'ingurgite une gorgée, l'œil maussade. C'est plus fort que moi, je ne peux pas m'empêcher de pivoter régulièrement pour observer Ileyna. Elle, elle m'ignore superbement.

Bordel, mais qu'est-ce que j'ai fait de travers pour qu'on se retrouve comme ça ?

Lui faire l'amour comme un fou ? Check. Être patient, attentif, attentionné ? Check. M'efforcer de lui laisser le temps et l'espace dont elle a besoin ? Check. Alors quoi ?

Je suis humain, je suis faillible, j'ai mes limites aussi. Son caractère est dur à vivre au quotidien, parfois c'est trop pour moi. Est-ce une erreur pour autant ? Je me domine, je me contrôle, je prends avec philosophie et détachement ses emportements, mais des fois…

— Et merde, marmonné-je en piquant du nez dans ma consommation.

Une masse imposante vient se planter sur le tabouret à côté du mien. J'y coule un regard de biais : un jeune homme un peu hirsute, type grand benêt, au cuir élimé de motard. L'un des mecs qui lui tournent autour.

Magnifique !

Je soupire et m'intéresse derechef à mon verre.

Le gars hèle le barman d'un geste vigoureux, me percutant au passage. Je grogne plus fort et m'écarte. Le regard que je lui lance est vindicatif – il s'en contrefiche royalement. Au contraire, il me sourit.

— Plutôt canon, la minette, non ? Sûr que sa chatte doit être parfaitement épilée, elle est de la haute, ça se voit !

Je me crispe. C'est difficile de ne rien répliquer à ce genre de propos obscènes. Surtout quand ils concernent mon indomptée.

— Elle est en chaleur, la chatte, ajoute-t-il lorsque le barman lui sert ses consommations. Encore un verre ou deux, et j'en fais mon affaire !

— Laisse-la tranquille !

Ça m'a échappé.

— T'as dit quoi ?

Je me renfrogne et lui tourne le dos. Hélas pour moi, le gars doit déjà en avoir une sacrée dose dans le sang, car il pose sa paluche sur mon épaule et m'oblige à lui faire face.

— T'as un truc à dire ? insiste-t-il.

— Ouais. Laisse-la tranquille ! Elle n'est pas pour toi.

— Oh ! s'exclame-t-il en riant. T'es jaloux ? Mais on peut t'en laisser un morceau, te bile pas ! Tu pourras en profiter si tu veux… quand on en aura fini avec elle… Regarde, elle demande que ça ! On va se la fa…

Sa phrase s'achève très probablement dans un cri de douleur. Avec une rage que je ne me connaissais pas, j'ai abattu mon poing sur son nez de toute ma force. Le type laisse tomber ses verres et porte les mains à son visage. J'en profite pour cogner une nouvelle fois, du coude, dans ses dents.

Il recule d'un mouvement sec, crachant son sang.

— Putain, mais t'es barge ! déchiffré-je malgré le rouge qui gicle sur ses lèvres.

— Un peu, ouais ! répliqué-je. Surtout quand tu parles d'elle comme ça !

— Oh ! tu touches pas à mon pote ! rugit le mastodonte numéro deux en s'interposant.

Je ricane. Il faut croire que l'alcool du pub est plus fort que je ne le pensais, car pour le moment j'ai envie de cogner, de m'amuser… Bref, de me défouler de toute cette rage et de cet agacement accumulés depuis si longtemps.

— Il a manqué de respect à la dame ! braillé-je, le doigt pointé vers Ileyna.

Cette dernière me lance un regard d'une dureté à fendre la pierre. En trois pas, elle est sur moi et me tire par le bras.

— Viens, m'ordonne-t-elle.

Je me dégage sèchement.

— J'ai pas fini de leur recadrer le portrait.

— Viens, Niels. Tu es complètement bourré.

Je rigole bêtement, mais n'oppose pas vraiment plus de résistance que cela à ses tentatives pour m'entraîner dehors. Le temps que je toise mes adversaires du regard, la porte du bar se referme sur moi. D'un pas vif, quasi martial, Ileyna me tire derrière elle. Sa force m'étonne, ou alors c'est que je suis vraiment trop beurré pour protester.

Elle marche une cinquantaine de mètres comme ça, avant de s'arrêter brutalement et de me faire face.

— Qu'est-ce qui t'a pris ? lâche-t-elle d'un ton rageur.

— Il t'a manqué de respect !

— Mais je m'en fiche de son respect ! Niels, merde, regarde-toi… Tu es ivre comme un pot et tu as failli te faire démolir la tronche par ces deux catcheurs !

Un rire lourd m'échappe. C'est le monde à l'envers, là ! Je bascule la tête en arrière, ferme les paupières. Ça tourne sévère, et je ne suis plus trop certain de rien.

OK. Je suis bourré.

Lorsque je daigne de nouveau observer Ileyna, elle passe ses nerfs en marchant en rond sur le trottoir parisien.

— Ley, lancé-je tout bas. Ley…

— M'appelle pas comme ça ! dit-elle, agacée, en me faisant face. Ley… Ley, c'est la fille que tu as aimée pendant quoi ? Huit ans ? Je suis pas cette fille, OK ? Je suis Ileyna, et… et même si…

Ses mots s'étranglent dans sa bouche, butent sur ses

lèvres, refusent de me parvenir. Elle se replie sur elle-même, frêle oiseau blessé par la vie, un peu perdue, désespérément seule. Je m'approche d'un pas.

— Ley…

— Pourquoi t'as fait ça ? lance-t-elle encore, combative. Pourquoi tu as bu ? Tu ne bois jamais, je l'ai bien vu ! Pourquoi…

— Parce que tu ne mérites pas qu'on te traite comme ça.

Ma main se pose sur son épaule. Un instant nos yeux se trouvent, se parlent, puis elle me repousse d'une secousse.

— Laisse-moi, Niels, réclame-t-elle. Laisse-moi. Je sais plus où j'en suis, là… Laisse-moi.

Et elle s'éloigne à petits pas pressés dans l'obscurité de Paris, me laissant seul, hébété et pour le coup parfaitement dégrisé, à pester contre ma stupidité.

J'émerge le lendemain, le cerveau dans le cirage. Une douche glacée, un café corsé et trois claques plus tard, ça va un peu mieux. Je maudis intérieurement mon comportement puéril, qui me met la tête en vrac et risque de bousiller toutes mes chances de la reconquérir.

Soupirs multiples à l'appui, je m'oblige à me bouger. Ce n'est pas en restant allongé à contempler mon plafond que ça s'améliorera.

En plus, aujourd'hui j'ai prévu de passer une partie de la journée avec Hervé, mon régisseur, pour finaliser les jeux de lumière et les sons, bref toute la logistique afférente à un spectacle. Et on doit aussi revoir les petites astuces en rapport avec mon handicap. Interagir avec un public quand on ne l'entend pas, ça n'a rien d'évident. Le code de lumières discrètes visibles de la scène uniquement, qu'il a conçu, me permettra d'adapter mon jeu aux réactions des gradins. Il ne nous reste plus que quelques ajustements mineurs à effectuer. Wolf a insisté pour participer à ce rendez-vous et, bien que j'apprécie moyennement qu'il s'immisce dans mon show, je sais que son expérience me sera utile. Même si le courant passe avec Hervé, il arrive que ma surdité ne soit pas toujours évidente à gérer pour tout le monde.

Je prends mes affaires et ouvre la porte pour quitter mon appart'. Dans ma précipitation à sortir, je heurte de plein fouet un corps… féminin – c'est le parfum que je sens qui me le dit.

Ileyna ?

Je relève les yeux, fou d'espoir. Et amorce un mouvement de recul quand je reconnais Soleyne.

Merde !

— Niels…, débute-t-elle.

— Qu'est-ce que tu fais ici ?

— Je suis venue pour avoir de tes nouvelles.

— Ça va, merci. Je dois y aller.

Je verrouille rapidement ma porte à gestes hâtifs, fuis vers l'escalier… Mais elle me prend de vitesse. Sa main me happe le coude, me retient. Je pivote, déjà fatigué de la scène qui va suivre.

— Je… Tu sais que je suis là, hein ? me demande-t-elle tout de go.

— Soleyne, on en a parlé…

— Je t'en veux pas pour l'autre soir. Je comprends que tu sois perturbé. Mais Niels… Elle ne t'aime plus, ça se voit, non ?

— Tu dis n'importe quoi ! m'emporté-je en me dégageant.

Une nouvelle fois, elle me retient. Désespérée. Presque implorante.

— Mais elle allume tous les mecs de la terre ! Elle te laisse en plan systématiquement ! Tu ne vas pas me dire que c'est un comportement amoureux, ça ! Si ?

— Attends…

Mon regard se pose sur elle, incisif. Quelque chose ne cadre pas dans son discours.

— D'où tu sors ce genre de truc, toi ?

— Je…

— Soleyne…

— Je le sais, je l'ai vue… C'est tout.

Elle est à présent penaude et sur la défensive.

— Tu m'as suivi ? Tu nous as espionnés ?

— Mais elle n'est pas pour toi ! plaide-t-elle en se pendant à moi.

Je lâche un cri inarticulé, me dégage d'elle brusquement pour malmener ma tignasse.

— Va-t'en, exigé-je d'un ton sans réplique.

— Niels…

— Va-t'en, Soleyne.

Ses yeux me fixent, incrédules. Ses larmes menacent de venir à bout de ma détermination. Je me blinde, recule d'un pas.

— Ne me rejette pas comme ça, Niels, me supplie-t-elle.

Je secoue la tête, ignorant son regard d'abord implorant, puis fulminant. Je pousse la porte de la cage d'escalier et dévale les marches sans me retourner.

Chapitre 26

Ileyna

Mes talons martèlent le sol, implacables. Je pousse la porte de service, traverse un long couloir et tourne sur la droite. Je reconnais le chemin sans souci, sans encombre. Niels m'a amenée ici plusieurs fois déjà.

En songeant à lui, je fulmine un peu plus.

Mais comment ai-je pu être aussi stupide ?

J'arrive dans le hall par l'entrée des artistes, m'engouffre dans un escalier tapissé de velours rouge. Quelques marches me mènent à la travée principale, en droite ligne vers la scène. Là, sur le parquet illuminé par les projecteurs se détachent trois silhouettes. Je reconnais immédiatement deux d'entre elles. Niels… et Wolf.

Si je m'interroge un quart de seconde sur la présence de mon ami ici, ça passe très, très vite au second plan. Je n'ai d'yeux que pour Niels. Et je suis quelque peu surprise du sentiment de tristesse, doublé du pincement amer de la trahison, qui se cheville à mon cœur.

Comment a-t-il osé me faire ça ? Après tous ses beaux discours ?

Comment ai-je pu le croire aussi aveuglément ?

Je dévale la travée jusqu'à la scène. Wolf et l'autre homme redressent la tête en m'entendant arriver. Niels, lui, réagit avec un temps de retard. Je ne devrais pas lui en vouloir, il n'y est pour rien, pourtant, ça ajoute à la colère que je ressens envers lui.

— Ileyna ? s'étonne Wolf.

Je le salue sèchement d'un mouvement du menton, avant de me tourner vers Niels.

— On doit parler. Maintenant.

Il paraît un peu dépassé et surpris. Son regard oscille entre ses deux compagnons. Puis, acquiesçant, il quitte la scène et descend jusqu'à moi.

Je bats en retraite, l'entraînant vers les hauteurs de gradins.

— Ça va ? me demande-t-il tout bas.

— Non, ça va pas ! explosé-je.

Ma voix porte haut et loin. Le troisième homme pivote d'un coup pour scruter la pénombre de la salle, avant de se détourner. Peu importe !

— Comment t'as pu oser faire ça, Niels ? continué-je en feulant.

— Faire… quoi ? bafouille-t-il, visiblement perdu.

— Ne joue pas à ça avec moi ! contré-je immédiatement.

J'inspire, le temps de le considérer des pieds à la tête. Certes, il est vraiment beau. Son air innocent, ses grands yeux candides, ses cheveux ébouriffés… La douceur qui émane de lui, cette tranquillité mêlée de solidité… Oui, il est facile de tomber sous son charme. Très facile, même…

Je détourne le regard.

Hors de question de me laisser prendre au piège de cette attirance une nouvelle fois !

— Soleyne, craché-je enfin. Elle est venue me parler.

J'ai la satisfaction de le voir pâlir d'un coup.

Ah, monsieur n'est donc pas parfait !

— Ley…, débute-t-il, incertain.

— Comment t'as pu faire ça ? Comment t'as pu me sortir toutes ces belles paroles alors que tu la mettais dans ton lit en même temps ?

— Non, se défend-il mollement. Ce n'est pas…

— Un souci ?

Wolf. Il s'intercale entre nous avec nonchalance et une

tranquillité habilement feinte. Ses yeux passent de Niels à moi, inquisiteurs. Je blêmis…

Qu'a-t-il pu dire à Niels nous concernant ?

… et prends la fuite. C'en est trop, soudain. Mes souvenirs oubliés. Mes parents. Tout ce monde en décalé par rapport à moi. Ce job que je suis censée exercer. Cet appart' qui est supposé être le mien. Ce type qu'on me dit être mon compagnon. Mon fiancé. Jusqu'à mes amis qui sont différents. Jusqu'à mes sentiments qui sont ingérables. Déroutants. Incompréhensibles. Presque blessants.

Je remonte à toute allure la travée, dépasse les derniers gradins et repousse la porte avec toute la violence dont je suis capable. Ça vaut toujours mieux que le sentiment qui me bouleverse le cœur et l'âme : celui d'être absolument, totalement, entièrement perdue. Le pire dans tout ça, c'est sans doute d'avoir conscience que, lorsque je ferme les yeux, dépassée par tout ce que je vis, mon seul point de repère, mon ancre, mon unique élément de stabilité n'est autre que le regard doux, tendre et profond de Niels.

Je déboule dans le hall et fonce vers la sortie de service.

J'entends Wolf m'appeler. J'accélère. Les larmes brouillent ma vue. Mon cœur me martèle la poitrine.

Niels n'est rien pour moi ! C'est un étranger, un mec plutôt cool pour lequel j'ai craqué quelques nuits. Rien d'autre.

Alors pourquoi le fait qu'il ait couché avec mon amie me rend-il aussi malheureuse ?

— Ileyna !

Le cri ralentit à peine ma course. C'est une main me retenant par le bras qui, en définitive, m'immobilise quand j'arrive au niveau de la porte de sortie.

— Ileyna, murmure Wolf en m'attirant contre lui.

— Lâche-moi… Lâche-moi, Wolf, ça n'est pas…

— Chut. Chut, viens là.

Ses mains glissent dans mes cheveux, me pressent contre son corps. Il me relève le menton, sèche mes larmes du pouce. Un léger sourire passe sur ses traits.

— Ce n'est rien, me dit-il tout bas.

Un peu insistant. Exigeant. Je tremble. Une tornade émotionnelle s'abat sur moi, me laissant perdue et incertaine. J'ai mal, sans trop savoir pourquoi. Mais je souffre, c'est indéniable. Et l'étreinte de Wolf n'y est pas étrangère. Je crois que quelque part je préférerais rester seule. Seule sans homme, sans souvenirs, sans rien du tout en réalité.

L'idée que j'aie pu avoir une vie stable, agréable, aux côtés de quelqu'un qui m'aurait aimée pour ce que j'étais, et non pour mon corps ou mes errances, est ce qui me perturbe le plus depuis que j'ai ouvert les yeux dans cette chambre d'hôpital, en ayant paraît-il remonté le temps de plusieurs années.

Il m'est insupportable de me dire que j'avais quelque chose touchant à la perfection, d'après mon entourage, et que je n'en garde aucune trace. Y songer, tenter de m'en souvenir – en vain – est profondément blessant et frustrant.

Il est plus facile de ne pas essayer de s'en souvenir, de vivre sans, quand j'ai vécu avec…

L'homme à mes côtés, mon ami depuis si longtemps, désormais mon amant occasionnel, inspire, le nez dans mes cheveux. Ses lèvres parcourent mon front, ma joue… Un sentiment de rejet me prend soudain, d'un seul coup. Brutal. Fulgurant.

Mais qu'est-ce que je fais là, avec lui, comme ça ?

— Wolf, lâche-moi, j'ai besoin de…

Sa bouche s'écrase sur la mienne. Sa langue exige que je m'abandonne. Ses mains glissent sur mon corps, s'arrêtent sur mes reins, m'attirent plus étroitement contre son bassin. Je peux sentir son excitation au travers de son pantalon. La fougue de son baiser ne fait que confirmer cette sensation.

En temps normal, sans doute lui aurais-je cédé. Wolf est un homme magnifique et charismatique. Il est beau, avenant, plein de prestance et d'allant. C'est un excellent amant.

Mais, en cet instant, je suis encore trop perturbée par

les émotions qui m'habitent. Les aveux de Soleyne, Niels, la peine qui me déchire le cœur… Et maintenant ceci ?

Non, c'est trop.

Je repousse mollement Wolf du plat de la main, sans succès. Il m'accule contre le mur.

— Ileyna…, susurre-t-il contre ma bouche. Ma douce, ma tendre sauvageonne…

— Lâche-la !

Le cri résonne près de nous. Il me fait sursauter. L'instant suivant, Wolf est violemment écarté de moi et projeté vers le mur opposé. Niels apparaît dans mon champ de vision. Les mains crispées, il fait face à mon ami.

— Alors c'était ça ? s'exclame-t-il. Tes beaux discours, tes sous-entendus ! Tu la voulais ?

— Niels…

— J'avais confiance en toi ! hurle-t-il, désespéré. Et toi… Toi…

— Niels…, tente Wolf avec un geste apaisant.

Le poing de Niels le repousse. Et, avant que je comprenne ce qui se passe, il l'abat sur la mâchoire de mon ami.

— Wolf !

Je crie, paniquée. Car Niels ne s'arrête pas là et assène un deuxième coup à son adversaire. Wolf se ramasse sur lui-même, accusant le choc. Une seconde plus tard, c'est lui qui percute le visage de son cadet.

Je recule d'un bond quand Niels est projeté en arrière. Wolf fonce sur lui et le propulse contre le mur sans ménagement. Niels se dégage et le frappe dans le ventre.

— Arrêtez ! m'égosillé-je, horrifiée.

Ce que je vois me dépasse. Ils se battent ? !

— Arrêtez, c'est du délire !

Je saisis le bras de Wolf pour l'empêcher de cogner, mais il me repousse sans difficulté.

— Wolf ! Ça suffit !

Mes cris restent sans effet. Je hurle plus fort encore lorsque mon ami recule et utilise son pied pour percuter Niels. Ce dernier heurte le mur et s'écroule à terre, sonné.

— Wolf !

La vision de Niels au sol, groggy, m'est intolérable. J'ai mal pour lui – non, j'ai peur pour lui. L'envie de le protéger m'envahit. Je me précipite entre eux, repousse Wolf d'une main qui tremble.

— Arrête. Arrête !

Je pivote vers Niels…

Son poing me cueille au moment où j'abaisse les yeux sur lui. Il m'atteint à la pommette. Je vacille, choquée.

Je l'entends hurler ce diminutif qu'il ne cesse de me donner, juste avant de rencontrer d'une manière plutôt brutale le sol.

Un instant de flottement total… Puis deux mains passent sous mon corps et tentent de me redresser. Des sons me parviennent en sourdine. Puis, d'un coup, bien plus fort. Mon cerveau se remet en marche, et la réalité de la situation me frappe de plein fouet.

— Ley ! s'époumone Niels au-dessus de moi. Ley !

— Lâche-la, abruti ! Pourquoi tu l'as cognée ? T'es cinglé !

— Je l'ai pas fait exprès, j'ai pas voulu… Ley…

J'agite une main faible pour me dégager d'eux deux.

— Poussez-vous, râlé-je en prenant appui sur le sol.

Penauds, contrits, ils s'exécutent. Je me redresse laborieusement, chancelante. Wolf tente un geste vers moi, je l'arrête d'un regard d'acier.

Il est débraillé, sa lèvre saigne, et un hématome s'étend sur sa mâchoire. Je secoue la tête pour m'éclaircir les idées.

— Ley…, murmure Niels.

Lui est d'une pâleur presque effrayante. Une ecchymose marque déjà sa joue, et un coquard se forme sur son œil droit. Il tremble et me scrute avec anxiété. Je croise son regard, suis troublée d'y lire une peur sincère et une culpabilité poignante.

— Laissez-moi passer !

— Ileyna…

— Je t'ai dit de me laisser passer !

Mon ton ne souffre nulle réplique. Réticent, Wolf finit cependant par s'exécuter. Il s'écarte, le regard braqué sur moi. J'ignore ce que je peux y lire exactement, mais une chose est sûre : il n'apprécie visiblement pas ma requête. Niels, lui, n'esquisse pas un geste, n'ouvre pas la bouche. Il se contente de m'observer, une peine immense au fond des yeux. Je me détourne de lui et jaillis au-dehors.

Chapitre 27

Niels

Cinq mois. L'hiver a étendu son manteau sur Paris. Cinq mois sans elle. Sans rien.

Oh ! vous me direz, qu'est-ce que cinq mois seul, quand j'ai passé huit années avec elle ? Je vous répondrai que la solitude et l'absence sont des poids tellement lourds à supporter que le temps semble s'étirer… Ces cinq mois me paraissent une éternité.

Je n'ai pas osé lui courir après, quand elle s'est élevée entre nous, nous a séparés, puis a fui.

Je mérite les reproches qu'elle m'a faits. Je ne le nie pas. J'ai mis Soleyne dans mon lit, j'ai presque succombé à ses avances une autre fois…

Je l'ai trahie. Elle. Ileyna.

Ley.

Et rien que pour cela je ne peux décemment pas revenir à elle, mon amour sous le bras, et tenter de tout reconstruire.

Ce ne serait pas honnête de ma part.

J'ignore ce qu'elle devient. J'ai cessé de répondre aux messages d'Isabel et de Feliciano. J'ai rompu toute relation avec Wolf. Avec Soleyne.

Je suis retourné à la solitude que je connaissais jadis, avant de la rencontrer.

Seul dans cet appartement que je songe à quitter également tant les souvenirs qu'il contient me deviennent insupportables. Intolérables. Et puis, sans elle, ça ne vaut plus vraiment la peine de vivre ici.

Je soupire. Mon regard glisse sur les murs, sur les cadres, sur les meubles. Je me sens étranger à ce lieu, à cette existence que j'avais ici.

Mon blouson sous le bras, je ferme la porte de mon ancienne vie, je m'en éloigne d'un pas lourd, blessé. Meurtri.

Elle ne me reviendra plus. Je le sais. Cela aurait pu fonctionner, pourtant. Sans Wolf, dont je n'ai compris que trop tard la manipulation – le découvrir embrassant Ileyna à pleine bouche a suffi pour me faire ouvrir les yeux sur ses réelles motivations. Sans Soleyne, dont je fuis encore la jalousie maladive et le désir à la limite de la nymphomanie. Sans ma faiblesse, aussi, et mes hésitations.

Elle me revenait, cela s'amorçait. Et il a fallu que tout cela s'effondre… que je la blesse profondément, même si son comportement libertin, provocant, m'atteignait à l'intérieur – bien que je n'en aie rien montré. Presque rien.

Marche, métro, correspondance, j'arrive au théâtre sur le coup de 19 heures. L'obscurité est déjà là, cherchant à m'aspirer, pour ne laisser de moi que des bribes de souvenirs. À m'engloutir.

Comme tout le reste. Mes parents. Mon frère. Mon amour. Ma vie. Ma passion. Mes envies. Mon ouïe.

Je lève les yeux sur la façade de pierre taillée. Une large affiche s'y déploie. Un nom, des dates. Une image. Un titre.

Le nom ? Le mien. Niels Kuzelnik.

Les dates ? Celles des six prochains mois.

L'image ? Celle d'une rose aux pétales se dispersant dans le ciel.

Le titre ? *With & Without.* Celui de mon spectacle. Mon show.

Non, le nôtre en réalité.

Car tout à ma solitude forcée, à ma tristesse de n'avoir pas su faire revenir la femme de ma vie auprès de moi – au désespoir de l'avoir définitivement perdue –, je me suis aperçu qu'il ne restait plus qu'une chose : la magie.

Celle qui m'émerveillait quand j'étais enfant, celle qui faisait briller les yeux de mon frère, celle qui jadis a conduit Ileyna à croire en moi, à m'encourager, à me permettre de me réaliser. Qui l'a presque ramenée à moi… avant que tout soit gâché.

Celle, en somme, qui m'avait déserté depuis quelque temps.

J'ai repris d'arrache-pied l'organisation du spectacle, ai modifié les tours, les tableaux, les enchaînements, au gré de mon cœur brisé. Et peu à peu s'est dessinée sous le feu des projecteurs, au fil des instants et des entractes, une histoire : mon histoire. Notre histoire.

Celle d'un magicien solitaire, sans le sou, avec une mallette pour seule possession, qui rencontre une étoile, brillante, lumineuse, une sorte de fée insaisissable et pour laquelle, scène après scène, il réalise des illusions et des tours de plus en plus spectaculaires, dans l'espoir de l'attirer, de la tenter… de l'apprivoiser.

Y parvient-il ? Je vous dirai d'aller vous installer dans les gradins pour le savoir. Car ce soir est ma toute première représentation, celle dévolue aux journalistes et à un public trié sur le volet.

Il y aura là des critiques, des journalistes, des chroniqueurs, d'autres artistes, mais aussi quelques noms connus du milieu. L'œuvre de l'attaché de presse du show. Je l'ai laissé tout gérer. Je n'ai voulu m'occuper de rien, hormis des tableaux qui vont se succéder sur les planches.

J'entre par la porte de service. Le hall est encore désert lorsque j'y débouche. Je suis en avance, et c'est volontaire. Je n'ai envie de croiser personne. Je ne veux que me produire, mettre la dernière pierre à ce spectacle qui représente à la fois tout et rien pour moi. Comme son nom l'indique, il est ce que j'avais avec elle, et ce qui sera, sans elle…

Ileyna.

Je franchis la double porte battante, pénètre dans la salle. Les gradins s'étagent devant moi, en pente descendante. Ils sont vieux, un peu usés, mais cela donne un cachet à nul autre pareil à l'endroit. La salle a vécu, elle a vu passer maintes productions, maints applaudissements. Je rejoins la scène. Elle surmonte d'un petit mètre les gradins. Hervé, mon régisseur, apparaît depuis les coulisses. Il me fait un signe de la main, avant de repartir pour les dernières vérifications. J'emprunte les quelques marches centrales, foule le parquet.

Les projecteurs ne sont pas encore allumés, ils ne me dissimulent rien du parterre de sièges qui se déroulent devant moi. Sous peu, il sera rempli. L'attaché de presse y a veillé.

Un ultime regard à ces fauteuils vides. Je m'échappe dans les coulisses, vers la loge qui m'a été attribuée. Il est temps de me préparer. Temps de faire disparaître Niels, au profit du magicien.

Un maquillage léger pour donner du relief à mes traits, une tenue claire, en contraste avec le décor d'ombres qu'Hervé a installé. Mes accessoires, savamment disposés pour être accessibles, utilisables… et invisibles.

Un autre truc propre au métier…

Je m'observe dans le miroir en pied. Est-ce réellement moi, ce jeune homme de vingt-huit ans désormais, au regard perçant, à la chevelure disciplinée, droit et fier dans sa tenue d'un blanc cassé ?

Qu'est devenu l'enfant aux yeux brillants d'admiration ? Où est parti le jeune rêveur qui restait des heures durant devant cette vitrine, à contempler cette mallette qu'il ne pouvait s'offrir ?

Ce jeune barman renfermé, isolé par sa surdité, qui avait redécouvert la musique dans les vibrations des baffles sur le *dancefloor* ? Cet apprenti enthousiaste, prêt à tout pour percer les secrets de l'univers de l'illusion ?

En cet instant, il me semble être une personne nouvelle, presque inconnue de la face du monde.

Les lumières de la loge clignotent d'un coup. Je pivote. Hervé se tient dans l'encadrement de la porte. Il me sourit, lève le pouce. J'acquiesce.

Aucun mot n'a été échangé entre nous – nous n'en avons pas besoin.

J'inspire une grande bouffée d'air, abandonne ce reflet si différent de moi pour m'approcher de la scène.

Le rideau est déjà ouvert. Le parterre plongé dans l'obscurité.

Ultime souffle pris. Je me laisse entraîner vers les lumières que déversent les projecteurs sur le parquet. En apnée.

Le pire de la surdité est sans doute de ne pas pouvoir entendre les applaudissements de son public pour chaque tour réussi, chaque tableau achevé, ou en fin de spectacle.

Hervé a fini par installer une sorte de baromètre qui réagit aux décibels et l'a placé en hauteur, là où je suis le seul à le voir. Il m'offre en oscillant un aperçu visuel du volume sonore des spectateurs qui saluent ma prestation.

Maigre réconfort, réel néanmoins.

La presse semble avoir aimé mon show. De nombreux articles et entrefilets sont parus les semaines suivantes, vantant les mérites du spectacle de « ce jeune magicien au cœur brisé, dont il faut retenir le nom, car on n'a certainement pas fini d'en entendre parler ».

Selon le baromètre d'Hervé, c'est le tour de la rose dont les pétales s'évanouissent en confettis flottants qui plaît le plus. Il est stratégiquement placé, au milieu, dernier tableau avant l'entracte. Un jeu de miroirs et de lumières apporte l'illusion que la pluie de confettis se transforme en paillettes qui volent vers l'étoile scintillante, que le magicien tente désespérément de séduire – de retenir.

Sur ses conseils, j'ai repris le tour plus tard, en dernier tableau, et proposé à un spectateur de venir le finaliser avec moi. L'interaction public/prestidigitateur est importante, elle renforce le sentiment d'émerveillement de tout un chacun. Il y en a plusieurs dans mon show, mais celle-ci est particulière. J'ai demandé à Hervé de sélectionner systématiquement un enfant pour cette dernière participation. Il les repère dès leur arrivée et note leur numéro de fauteuil pour orienter en conséquence le projecteur au moment opportun. Leur regard brillant est un baume sur mon cœur brisé, leur innocence et leur soif de croire en ma prestation me renvoient à celui que j'étais avant… Avant que tout bascule.

Le jeune spectateur est invité à monter sur scène et à souffler pour moi sur les pétales de la rose, qui s'évaporent et vont entourer l'étoile. Un subtil jeu d'ombres amorce alors la transformation de celle-ci en une silhouette féminine, attirant l'attention de la salle. C'est là que je m'éclipse, en parfait accord avec un appel plus fort des projecteurs. Là que le show s'achève.

Je ne réapparais que quelques moments plus tard, de l'autre côté de la scène, pour saluer la foule et me soumettre aux rappels.

Les critiques ont eu vent de la chose, et cela a lancé une seconde vague d'articles élogieux. Je joue désormais à guichet fermé, et le théâtre a proposé de prolonger la location pour un an directement. Des salles en province se sont déclarées intéressées pour m'accueillir ensuite en tournée. J'ai accepté – que puis-je faire d'autre ?

J'ai ici la concrétisation de toute ma vie.

Les lumières clignotent dans la loge. Le signal. Je retourne son regard à mon reflet, c'est devenu une habitude en soi, avant et après chaque représentation.

Me contempler, pour être certain de ne pas rêver, ni en bien ni en mal, et conserver un pied dans la réalité. Comme chaque soir je scrute mes traits – comme chaque soir je m'étonne de les redécouvrir.

Le public m'attend. Les lumières sont éteintes. Les seules actives sont dirigées vers moi. Il est étrange d'être dans ce rond éclairé et chaud, entouré de noir presque omniprésent. Je m'y suis habitué, avec le temps.

Ma prestation débute, lente, presque triste tout d'abord. Ce ne sont que des tours passifs, épurés, presque immobilisés dans le temps. C'est d'autant plus difficile que, bien souvent, l'illusionniste compte sur la rapidité du geste pour masquer la manipulation. Je me suis astreint à des heures et des heures de travail et de répétition pour parvenir à ce résultat de lenteur… Mais la surprise et les applaudissements enthousiastes de mon public sont une récompense plus qu'appréciable.

Les tabloïds ont fini par mentionner ma surdité récemment. Ce qui fait qu'étrangement de plus en plus de spectateurs applaudissent dans mon langage. Hervé s'en est vite rendu compte. Il remonte le variateur des lumières du parterre en conséquence. Cet homme est le partenaire idéal pour moi ! Je ne sais comment le remercier.

Le magicien au cœur brisé, comme on a surnommé mon personnage, se dévoile progressivement aux yeux de son public. Ses doutes, ses envolées romantiques se succèdent face à l'étoile de ses rêves.

Lorsqu'elle disparaît, c'est sa peur, son sentiment d'abandon, son humeur défaitiste qu'il montre à travers les tableaux. Les accessoires sont sombres, reflets de sa tristesse. L'écharpe grise de solitude, la fleur fanée, le manteau oublié… Ils envahissent les planches et imprègnent l'endroit d'une douleur poignante.

Avant que l'espoir revienne sur le devant de la scène en même temps que l'étoile se manifeste à nouveau, timidement, lointaine et distante, presque incertaine, dans son environnement… lui offrant la possibilité, infime, de pouvoir de nouveau l'apprivoiser. À coups de tours enjolivés, de tentatives pour émerveiller, attirer, retenir… séduire. Arc-en-ciel évanescent issu de minuscules prismes cachés entre mes doigts, ombrelle satinée apparaissant de nulle part, baisers envolés… fleur aux pétales colorés, porteuse d'espérance et de beauté.

Quand la rose s'évapore pour la dernière fois et que son voile de poussière monte rejoindre l'étoile solitaire, tout reste alors possible pour ce magicien au cœur brisé. Libre au spectateur d'imaginer qu'il a réussi à atteindre sa dulcinée.

En ce qui me concerne, après quelques rappels et salutations, après m'être plié à la rencontre à chaud avec mon public dans le hall, et avoir lu remerciements et félicitations sur les lèvres de tout un chacun, je m'écarte, je m'isole. Ma loge est parfaite pour cela.

Je m'y enferme, le cœur lourd de ce sentiment qui ne me quitte plus : celui du regret.

Le temps de me démaquiller, de troquer ma tenue claire contre mon jean et mon pull, j'offre de nouveau ce regard troublé à mon reflet.

Suis-je toujours le même ?

J'abandonne le miroir pour ranger mes accessoires, accroupi devant ma malle et mes étagères. Ma mallette repose non loin dans la pièce. Elle est le premier objet que mes spectateurs découvrent. Celui qui les intrigue, qui les surprend, les accroche et les projette en douceur dans l'univers que je veux leur montrer.

Soudain, je m'immobilise. Quelque chose, non, quelqu'un, s'est approché de moi. Une main effleure délicatement mon avant-bras, m'incitant à pivoter. Un geste que j'ai cessé d'espérer retrouver, ne serait-ce qu'une fois. Une seule fois.

Je m'exécute, tremblant.

Accroupie à côté de moi, mon étoile à moi, mon indompté petit bout de femme m'observe. Une grande douceur imprègne ses traits. Je passe les yeux sur son visage, sur cette main qui ne se détache pas de moi, avant de me verrouiller à son regard. J'y découvre des tourments multiples, de nombreuses questions et, surtout, des émotions par milliers.

Un frêle sourire anime mes lèvres, auquel elle répond vaillamment. Je devine des larmes prêtes à se déverser. En un geste instinctif, ma main se pose sur la sienne.

— Je n'ai pas oublié comment attirer ton attention, déclare-t-elle tout doucement. J'étais dans les gradins.

Mon cœur se serre, s'arrête... puis repart, à toute vitesse.

— Ce spectacle est magnifique. Ta magie est magnifique.

En vérité, c'est elle qui est magnifique. Mais je n'ose l'interrompre pour le lui dire.

— Était-ce aussi beau entre nous ? Avant ? questionne-t-elle.

Je lis une folle espérance dans son regard. Et des doutes, également. Du pouce, j'effleure la peau de sa main.

— Ça l'était.

— J'ai mes torts dans ce qui s'est passé entre nous, m'avoue-t-elle en baissant les yeux. Je suis désolée.

— Moi aussi.

— Je n'ai pas cessé de penser à toi. Crois-tu que notre avenir pourra être aussi beau ? Si nous sommes ensemble ?

Ma gorge se serre. Je me retiens de l'enlacer, de l'embrasser.

— J'en ai la certitude, soufflé-je.

Son sourire s'affermit. Ses yeux reviennent s'emparer des miens. J'ose lever une main, toucher la peau de sa joue, glisser vers sa nuque, l'attirer à moi.

Nos lèvres se trouvent, se joignent, se soudent, se mélangent. Je ferme les paupières, me laissant porter par la puissance de ce baiser, par toutes les possibilités qu'il offre à mon futur. Le poids du regret s'estompe et est aussitôt comblé par l'amour profond que j'ai pour elle.

Cinq mois d'attente et de solitude insupportables s'évanouissent en un battement de cœur.

Lorsque nos bouches se séparent, cependant, j'hésite une seconde ou deux avant de rouvrir les yeux.

Et si je n'avais fait que la rêver ? Et s'il s'agissait simplement… d'une illusion ?

Composé et édité par HarperCollins France.

Achevé d'imprimer en janvier 2021.

CPi
BLACK PRINT

Barcelone

Dépôt légal : février 2021.

MIXTE
Papier issu de sources responsables
FSC® C159065
FSC www.fsc.org

Pour limiter l'empreinte environnementale de ses livres, HarperCollins France s'engage à n'utiliser que du papier fabriqué à partir de bois provenant de forêts gérées durablement et de manière responsable.

Imprimé en Espagne.